Le feu sous ma peau

Darlène Rayne

Édition Plume_etpensees

© 2025 Darlène Rayne

Tous droits réservés.

Ce livre ne peut être reproduit, en tout ou en partie, par quelque moyen que ce soit, sans l'autorisation écrite de l'autrice.

Édition : BoD · Books on Demand, 31 avenue Saint-Rémy, 57600 Forbach, bod@bod.fr
Impression : Libri Plureos GmbH, Friedensallee 273, 22763 Hamburg (Allemagne)
ISBN : 978-2-3225-7139-0
Dépôt légal : Avril 2025

Pour suivre l'actualité de l'autrice :
Instagram : @plume_etpensees

Sommaire

1. Obsession — 1
2. Quand le silence brûle — 36
3. Mon étoile fragile — 66
4. Les souvenirs qu'on n'efface pas — 101
5. Epilogue — 148

Remerciements — 152

1

Obsession

« On n'oublie jamais ce qu'on poursuit en silence. » Paul Valéry

Ses pas s'enchaînaient devant l'école primaire. Vingt minutes d'attente, peut-être plus. L'envie d'immortaliser ce bâtiment en brique rouge et son toit pointu était bien là, mais quelque chose l'en empêchait. Ses doigts restaient crispés, l'index collé sur le déclencheur. Elle examina les alentours. À gauche, à droite. Personne ou presque. Elle finit par ranger son appareil photo. Elle attendit, tapota du pied, les mains accrochées aux sangles de son sac.

La cloche de l'école retentit, son tintement brutal l'envahit toute entière. Désorientée, elle resta un instant immobile. Les éclats de voix joyeuses des mamans autour d'elle la ramenèrent à la réalité. Rapidement, elle évalua son environnement et trouva un angle stratégique. Là, un coin discret, à la bonne distance : assez loin pour ne pas attirer l'attention, mais assez proche pour observer.

Adossée au mur, son cœur battait un peu trop vite. De là, elle suivit du regard les enfants qui se précipitaient devant les grilles colorées. Une explosion de cris et de rires emplissait l'air. Ses yeux parcouraient attentivement la foule. Ils cherchaient parmi les têtes blondes, brunes, frisées ou lisses. Elle scrutait, observait, sautait d'un visage à l'autre. Elle insistait, obstinément. C'était une évidence : dès le premier instant, elle la reconnaîtrait.

Les enfants défilaient, franchissaient les grilles ou couraient après leurs camarades. Des visages apparaissaient et disparaissaient, mais aucun n'était le bon. Pourtant, tout indiquait qu'il s'agissait du bon endroit. Selon ses recherches, il n'y avait qu'une seule école primaire dans ce village. Alors, pourquoi était-elle si difficile à trouver ? Son souffle devint plus court. Un flot d'inquiétude l'enserra. Elle se mordit les lèvres, comme pour lacérer ses pensées qui menaçaient de l'engloutir.

Mais son regard revint rapidement vers les grilles. Elle était là, à quelques mètres à peine. Depuis le trottoir d'en face, elle distinguait parfaitement ses traits : ses yeux rieurs, son sourire enjôleur. Elle n'avait jamais ressenti un bonheur plus doré, ni plus parfumé. Son corps palpitait, complètement enivré d'un voile doux et léger, comme enveloppé dans un monde où les couleurs existaient pour la première fois.

L'enfant tourna la tête dans sa direction. Instinctivement, elle se recroquevilla derrière le mur. Ses doigts, nerveux, fouillèrent dans ses poches, à la recherche de rien. Seulement d'une ancre imaginaire. Elle compta les secondes : 1, 2, 3... La respiration bloquée. À 60, elle osa lever les yeux.

Ce visage fin, ce nez pointu la surprirent. Des tresses fines collées, ornées de perles transparentes, caressaient les épaules frêles de la fillette à chaque mouvement. Elle portait un jean simple et un débardeur rouge éclatant, comme le sang qui pulsait dans ses veines. La fillette avançait, une camarade à ses côtés. Sur le champ, elle traversa la rue, puis avança d'un pas timide, une main agrippée à la sangle de son sac à dos. Accaparée par l'allure de la jeune fille, elle guettait tout.

Elle ne voyait pas seulement un enfant de dos, mais un fragment de son passé, des regrets qui la ramenaient à toutes ces choses perdues, à tous ces espoirs envolés. L'enfant se retourna. Elle se figea. Respira à peine. Son cœur cognait si fort qu'elle craignait qu'il s'arrête. L'avait-elle vue ? Non. Pas elle. Un passant, peut-être ? Rien. Personne. Le monde continuait. Elle, immobile, déracinée, reprit sa marche. Un pas. Puis un autre. Elle aurait dû s'arrêter. Reculer. Fuir. Mais ses jambes refusaient d'obéir. Son regard demeurait accroché à l'enfant. Elle était là. Si proche, si lointaine.

Soudain, la gamine s'arrêta. Son corps, raide, attendit. L'enfant fit la bise à son amie, puis reprit son chemin, accéléra le pas. Sans vraiment réfléchir, elle fit de même, avant de se stopper net. Là-bas, une grande femme blonde attendait la fillette, qui se précipita dans ses bras, joyeuse. Elle resta inerte. Quelques secondes, peut-être. Juste assez pour sentir le poids du monde alourdir ses épaules.

Pendant qu'elle les observait s'éloigner, main dans la main, la voix de la gamine résonnait encore à ses oreilles. Dans l'instant, ses épaules se relâchèrent. Son cœur battait encore fort, mais d'une cadence nouvelle, plus douce. Elle rebroussa chemin, avec cette légèreté étrange, celle qui naît lorsque le monde semble soudain plus lumineux. Elle enfourcha son vélo en acier vert et se mit à pédaler. L'air frais caressa son visage et épousa chaque parcelle de sa peau.

Elle aurait voulu rester là. Dans cette bulle suspendue. Que rien ne change. Que l'instant s'étire, s'étire encore, jusqu'à se graver dans l'éternité. Mais elle savait. Ces sensations, même les plus vives, finissent toujours par se dissoudre. Alors ses jambes pédalèrent plus vite.

***

Elle ne savait pas encore comment. Elle n'avait pas de plan, pas de certitude. Mais quelque chose en elle avait cédé, très lentement, sans fracas. Le regard posé sur l'enfant l'avait traversée plus profondément qu'elle ne l'aurait imaginé. Ce n'était pas seulement la fillette qu'elle avait vue, c'était ce qu'elle aurait pu être, ce qu'elle avait manqué, ce qui restait encore possible, peut-être. Et si ce possible n'appartenait qu'à elle, alors il lui faudrait apprendre à le porter. À sa manière.

Un instant, elle ralentit, les pieds posés à moitié sur les pédales. L'air était frais, mais son dos était en sueur. Elle ne se souvenait pas de la dernière fois où elle s'était sentie ainsi — en décalage, exposée, mais curieusement vivante. Quelque chose de trouble l'agitait, un frisson indistinct entre la peur et l'élan. Il n'y avait pas de mot pour ce qu'elle ressentait. Juste une sensation d'ouverture, comme une fenêtre entrouverte sur un monde qu'elle n'osait plus regarder.

Elle ne savait pas ce que cela changerait. Rien peut-être. Ou tout. Mais elle ne pouvait plus se cacher derrière l'absence, derrière les années, derrière ce qu'on n'a pas dit, pas fait, pas réparé. Elle venait de voir. Et maintenant, elle devait décider quoi faire de cette vision.

Elle reprit sa course sans même s'en rendre compte. Légèrement penchée sur le guidon, elle laissait son corps se libérer. Elle pensa à Adriel. À son regard, à ses bras. Un frisson la traversa, fort, torride : le besoin de le voir, de le toucher, d'exister près de lui. Le bonheur avait le goût sucré d'un fruit mûr, gorgé de soleil, soyeux et fondant. Elle sourit. Oui, elle en prendrait soin, le nourrirait, l'amplifierait, en garderait chaque fragment précieusement, pour les jours où il serait nécessaire de s'en souvenir.

***

Essoufflée, elle descendit du vélo et le posa d'un geste précis contre le mur de la maison d'Adriel. Ses mains étaient moites, son souffle haché, mais une énergie inhabituelle l'animait. Elle accéléra le pas, traversa le petit jardin sans prêter attention aux camélias à fleurs roses qui se doraient au soleil. Sa main se posa sur la poignée de la porte, qu'elle ouvrit avec une détermination qu'elle ne se connaissait pas. À l'intérieur, une odeur boisée, légèrement miellée, flottait dans l'air.

Adriel, à genoux, s'affairait sur une commode, un chiffon roulé dans sa main droite, dessinant des cercles lents sur le bois brut. Quand il releva la tête et croisa son regard, son expression bascula de la surprise à quelque chose de plus profond, de plus intime.

— France ! dit-il à voix basse.

Il se redressa aussitôt, troublé. Une chaleur s'éveilla dans son ventre et se propagea jusqu'à ses cuisses, irradiant chaque recoin de son corps. Ce n'était pas seulement du désir, c'était un appel, une force brute, primitive, impossible à ignorer. Elle fit un pas, puis un autre. Adriel la regardait toujours, le cœur en apnée. Ses doigts relâchèrent le chiffon qu'il tenait. Elle s'arrêta juste devant lui.

— J'ai envie de toi en moi, dit-elle, sa voix chargée d'une tension viscérale.

Les yeux plongés dans les siens, Adriel n'hésita plus. Ses mains trouvèrent sa taille à travers ses vêtements, glissèrent le long de ses hanches et l'attirèrent contre lui. Instinctivement, ils se penchèrent l'un vers l'autre. Leurs langues se trouvèrent, affamées. À cet instant-là, il n'y avait plus de place pour le doute ni pour la pudeur. Elle voulait explorer chaque recoin, jusqu'alors inconnu, de ce moment.

Les mains rugueuses de son amant partaient en pèlerinage sur son corps en feu. Dans un mouvement continu, il pressa ses fesses, et un soupir lui échappa. Adriel la guida vers la chambre sans interrompre leur étreinte.

Sur le lit, elle ne savait plus combien de temps ils explorèrent leur corps à la recherche de leurs trésors cachés. Mais le monde entier aurait pu s'effondrer, elle n'aurait rien entendu. Elle se positionna sur son sexe avec lenteur. Ce premier contact était la rencontre entre le soulagement et le frémissement. Lentement, elle commença à bouger, ses hanches initiant un rythme naturel. À chaque mouvement, elle se perdait, s'abandonnait davantage. À cet instant-là, elle aurait tout donné pour libérer ce feu sacré en elle.

Elle se cambra davantage pendant qu'Adriel pressait ses seins. Leurs soupirs se mêlèrent, créant une symphonie de désir. Un feu d'artifice la traversa, et elle ne contrôlait plus rien. Ses sons s'échappèrent du plus profond de son être, son corps se mouvant avec puissance. Les va-et-vient s'intensifièrent. Bruts et parfaits. Elle était un océan de sensations, complètement synchronisée avec son amant. Un tsunami, né de ses entrailles sauvages et indomptables, déferla.

Adriel la suivit, son propre orgasme vibrant en écho au sien. Elle le sentit dans chaque spasme de son corps, dans la façon dont ses mains s'accrochaient à ses hanches, dans le souffle saccadé qui s'échappait de ses lèvres. Elle s'effondra contre lui, le souffle encore court, sa poitrine pressée contre la sienne. Pendant plusieurs secondes, ils restèrent là, dans un silence doux, enveloppés de leurs sensations, de leur odeur.

Après un moment, elle se dégagea mollement de lui, et, aussitôt, un liquide tiède coula le long de ses cuisses, l'ancra dans le présent. Elle laissa sa tête retomber en arrière, fixa le plafond, un sourire indéfinissable accroché à ses lèvres. Elle se sentait entière.

Et puis, sans prévenir, un éclat de rire lui échappa. Un rire léger, sincère, né d'un endroit qu'elle ne pouvait pas identifier. C'était comme si l'énergie de ce moment, trop intense pour être contenue, cherchait à se libérer autrement. Adriel, allongé à ses côtés, tourna la tête vers elle, un sourire amusé jouant sur ses lèvres.

— Du coup... qu'est-ce qu'on mange ? demanda-t-il d'un ton si léger et naturel qu'elle ne put s'empêcher de rire davantage. Elle se redressa sur un coude et le regarda, ses locs en désordre tombant sur son visage.

— Tu veux que je cuisine pour toi ? répondit-elle, ses yeux pétillant de malice.

***

Elle fouillait dans les placards de la cuisine, ouvrait tout ce qui pouvait l'être. Les verres étaient dépareillés, les assiettes empilées sans logique, et parmi ce désordre, une boîte de lait de coco. *Adriel a une boîte de lait de coco dans son armoire.* Un sourire effleura ses lèvres.

Derrière elle, il rangeait son matériel. Torse nu, en pantalon de travail usé, il frottait les poils du pinceau avec minutie. Sa silhouette musclée, marquée par le travail manuel, la fascinait malgré elle. Elle se surprit à le trouver beau. Son esprit divaguait. Peut-être tombait-elle amoureuse d'un homme blanc vivant dans un village isolé, pratiquement coupé du monde. Impossible. Cette pensée la fit sourire autant qu'elle la terrifia.

Pour briser cette bulle de légèreté gênante, elle recentra son attention sur les ingrédients devant elle : riz, paprika fumé, légumes du jardin, quelques cubes de bouillon et, heureusement, un citron. Mais où diable étaient rangées ses casseroles ?

— Adriel, où sont tes casseroles, s'il te plaît ? lança-t-elle en levant les yeux.

Sa maison était à son image : singulière et marquée par le travail manuel. Le salon, spacieux et baigné de lumière naturelle, était ouvert sur une cuisine sommaire, tout en bois brut. Trop de bois, peut-être. Une grande table massive, faite de planches épaisses, occupait le centre de la pièce, entourée de chaises disparates.

Sur le côté, une cloison séparait l'espace de vie de son atelier, un coin minimaliste dédié aux finitions, avec des outils accrochés au mur. Mais derrière une porte coulissante se cachait son véritable atelier, vaste et ouvert sur l'extérieur, empli de l'odeur de bois et de métal, où trônaient d'imposantes machines inconnues.

Adriel se distinguait par son jardin, un modèle de débrouillardise où il cultivait tout ce que la terre pouvait offrir en saison. En septembre, il récoltait les dernières courges et préparait le sol pour les choux d'hiver. Entre son compost maison et la récupération d'eau de pluie, il adoptait une manière de vivre qui la fascinait.

C'est peut-être cette ambiance qui lui donnait envie de se plonger dans sa propre création : la cuisine. Dans ces moments-là, la vie entrait en elle. Oui, elle existait. Pas comme d'habitude. Non. La plupart du temps, elle avait l'impression de flotter au-dessus de son existence, comme si elle était à côté de sa vie, à côté de ses émotions, presque éteintes. Choisir la paralysait, toujours prisonnière de ses hésitations. *Non. Arrête avec tes pensées frustrantes.*

Elle tenta de chasser ces idées de sa tête, de se raccrocher au présent, à cet instant précis, avec ses légumes et Adriel dans la pièce d'à côté. Les odeurs envahissaient le salon. Entre les épices et le parfum boisé qui régnait systématiquement chez Adriel, l'atmosphère était presque enivrante.

Elle se retourna, et Adriel était là, debout, les bras croisés, torse nu, silencieux. Il l'admirait. L'intensité de son expression la déstabilisait.

— Quoi ? lança-t-elle, alors qu'une moue amusée modelait ses lèvres.

— Ce soir, je découvre une nouvelle version de toi. Et j'adore, commenta-t-il, tout en se penchant devant le casier à bouteilles.

— Ah... Un bref soupir s'échappa avant qu'elle ne détourne les yeux vers les légumes qui grésillaient dans la poêle.

Pourtant, sa présence pesait, dans le bon sens. Adriel l'apaisait autant qu'il l'agitait. Sa simple proximité suffisait à susciter des pensées auxquelles elle n'avait jamais osé s'attarder. Finira-t-elle sa vie seule ? Peut-être pas. Elle qui avait soigneusement tenu les hommes à l'écart. En réalité, deux seulement avaient traversé son existence : Adriel, et... lui. Ce dernier, si insignifiant qu'il ne méritait même pas qu'elle se souvienne de son nom.

— Tu as l'air de bien savoir cuisiner ? lui demanda-t-il.

— J'ai appris avec ma mère et ma grand-mère. Chez elles, refuser de manger, c'était presque un affront. Plus ton assiette était pleine, plus elles te montraient leur amour. Je crois qu'elles ont passé une bonne partie de ma vie à essayer de m'engraisser.

Ses yeux se plissèrent d'une lueur complice.

— Et toi, tu cuisines ?

— Pas vraiment. Mais j'aime manger.

Un sourire étira ses lèvres avant qu'elle ne reporte son attention sur les assiettes. La préparation restait simple : du riz épicé, des légumes sautés au paprika et du poulet mariné au citron. Rien d'extraordinaire, mais largement suffisant.

— Je te sers un verre de vin ? dit-il en lui montrant la bouteille qu'il tenait dans la main. Elle ne buvait pas, mais ce soir, l'audace prenait le dessus.

— Pourquoi pas ?

Une lueur d'assurance vacillait dans son expression, trahie par ses lèvres qui esquissaient une moue crispée. Pendant qu'Adriel ouvrait la bouteille de vin, elle finissait de dresser les plats.

Ses lèvres effleurèrent le liquide rouge, aux notes de fruits et de terre humide. Le goût éveilla ses papilles, un frisson la traversa. Ce soir, Adriel la regardait autrement. Oui, sans aucun doute. Elle aimait cette femme en pleine métamorphose. Adriel, lui aussi, révélait un autre visage, insoupçonné jusque-là, romantique, câlin, presque tendre. Il agissait comme s'il ne pouvait pas se passer d'elle.

Cette fusion entre eux, de leurs corps et de leurs émotions, la troublait. C'était comme sillonner les vastes terres d'un sanctuaire encore intact pour elle. Tellement parfait que cela en devenait presque irréel. Elle chassa cette pensée. *Non, ce n'est pas un piège.* Ce n'était peut-être que l'effet du vin, cette légère euphorie qui la gagnait. Ou bien était-ce simplement qu'ils avaient franchi un cap dans leur relation ? Une autre dimension, plus profonde, plus vraie. Était-ce de l'amour ? Pourraient-ils construire quelque chose à deux, malgré sa vie si compliquée ?

À table, ils échangeaient peu de mots, mais leurs regards en disaient long. Entre chaque bouchée, chaque gorgée de vin, chaque geste esquissé, leur histoire s'inscrivait déjà dans le silence.

La nuit était claire, adoucie par les gestes tendres d'Adriel, par un repas simple et gourmand, mais surtout par cette nouvelle femme qui se déployait en elle, tel un baobab laissant éclore ses premières feuilles.

Installée sur le canapé, tout paraissait beau dans les bras de son amant. Adriel la tenait contre lui, jouait avec ses locs, qu'il enroulait lentement entre son index. Son souffle chaud caressait son cou. Elle ferma les yeux et chuchota : *Ona, merci pour la vie. Ona, merci pour la lumière.*

***

Encore une belle journée, pensa-t-elle en observant la lumière traverser la pièce, et qui illuminait la poussière en suspension. Ces grains flottaient, suspendus dans un entre-deux, lui rappelaient sa propre existence : incertaine, sans ancrage, comme si elle n'avait pas encore trouvé sa place. L'odeur du café se mêlait à celle du bois poncé. Adriel était déjà debout, absorbé par la restauration de la commode entamée la veille.

Elle s'étira, posa ses pieds nus sur le sol et se dirigea vers la salle de bain. Le parquet craqua sous son pas. Une douche rapide, un verre d'eau. Elle n'aimait pas les boissons chaudes — ni le café, ni le chocolat, ni même le thé. Pendant ce temps, Adriel, plongé dans son travail, ne levait pas les yeux. Lorsqu'elle revint dans le salon, il posa un instant ses outils pour s'approcher et l'embrasser avec tendresse. Ils se quittèrent sur cette note.

***

Dehors, le vent frais la saisit dès qu'elle franchit la porte. Elle se hissa sur son vélo et s'engagea sur le chemin qui menait chez Marcel. Elle arriva devant la maison de Marcel : une grande bâtisse en pierre claire, impeccablement entretenue. Elle posa son vélo dans le local prévu à cet effet et chercha ses clés, tout en se demandant si Marcel était déjà réveillé. Cela faisait seulement six mois qu'il avait perdu sa femme. Ils avaient été mariés des décennies, et son absence pesait lourdement sur lui. Les traits de son visage portaient souvent les marques du chagrin, une douleur discrète, mais persistante.

Ils partageaient une passion commune : la photographie. Ce n'était pas un détail anodin. Pour France, c'était une preuve de plus que la vie avait ses propres chemins, ses propres synchronicités. Une amie lui avait parlé de son grand-père, un homme âgé et seul qui aurait besoin de compagnie et parfois d'un peu d'aide pour ses rendez-vous médicaux. Par chance, Marcel possédait une chambre noire, une véritable pièce dédiée au développement photo, un luxe qu'elle n'aurait jamais imaginé trouver ici.

Un après-midi de juin, elle avait osé s'aventurer dans cet espace fascinant, rempli de l'odeur chimique des produits. La douleur de Marcel s'était presque dissipée lorsqu'il entra à son tour dans la pièce.

— En règle générale, tu es patiente ?

— Ça dépend... mais quand il s'agit de photo, oui, totalement, avait-elle répondu en riant.

— Parfait, parce que les pressés n'ont pas leur place ici.

Ce jour-là, Marcel lui avait patiemment expliqué chaque étape du développement photo. Ses gestes sûrs et son calme captivaient France, qui tentait de mémoriser chaque terme : révélateur, fixateur. Peu à peu, il la laissait prendre part, ses premiers essais maladroits se transformaient en gestes assurés sous son œil bienveillant.

Tout le mois de juin, ils passèrent des heures dans la chambre noire. Marcel enseignait la patience et le respect des processus chimiques, tandis que France appréciait la lenteur de ce rituel, un havre loin de l'agitation du monde. Bien qu'elle ne soit jamais seule dans ce processus, la présence discrète de Marcel était plus qu'une aide technique, c'était la naissance d'une amitié sincère. La voix de Marcel la tira de ses pensées.

— Tiens, tu reviens de chez Adriel ?

Elle releva la tête et croisa son regard fatigué, mais chaleureux. Ses cheveux gris, légèrement ébouriffés, lui donnaient un air bienveillant.

— Oui, répondit-elle. Tu es déjà debout ?

— Je terminais mon café, dit-il en désignant la tasse posée sur la table.

Ils échangèrent quelques mots avant que Marcel ne s'installe dans son fauteuil, face à la télévision.

***

Elle savait précisément où elle voulait être. Son sac à dos bien ajusté, avec son appareil photo en sécurité à l'intérieur. Cet objet, devenu son fidèle compagnon, incarnait désormais sa plus grande passion. Difficile d'imaginer sa vie sans la photographie. Cette pratique était entrée dans sa vie à une période où elle en avait désespérément besoin. Cela remontait à ses 19 ans. Une amie l'avait traînée à une brocante, un lieu qu'elle détestait sans trop savoir pourquoi. Pourtant, pour faire plaisir à son amie, qui adorait chiner, elle avait accepté.

Là-bas, en guise de remerciement, l'amie lui avait offert un appareil photo. Elle avait aimé ce cadeau, sans réellement savoir ce qu'elle allait en faire. Quelques jours plus tard, elle avait eu l'idée de capturer des scènes de vie simples. À travers l'objectif, elle avait l'impression de ressentir les émotions de joie des autres alors que ses propres affects la bouleversaient. C'était devenu une véritable obsession : figer les instants de bonheur des étrangers. Depuis, impossible de se séparer de son appareil, toujours à portée de main, peu importe la destination.

Aujourd'hui, elle se trouvait sur ce trottoir presque familier, un point stratégique repéré la veille. L'endroit lui offrait une vue parfaite sur l'entrée de l'école sans trop attirer l'attention. Une femme d'un certain âge passa près d'elle et la dévisagea. Ses yeux glissèrent sur ses locs qui s'étiraient jusqu'au bas de son dos. Peut-être que c'était ça qui la titillait. Ou bien son look ? Son piercing au nez. Ses yeux en amande, soulignés d'un trait d'eyeliner blanc perlé. Ses lèvres sombres, presque noires, rehaussées d'un gloss nude... Intriguée ou dérangée ? En retour, elle esquissa un sourire, un de ceux qui ressemblaient davantage à une grimace. La vieille dame haussa les épaules et continua son chemin.

Lorsque les grilles s'ouvrirent, un sourire éclaira son visage. Là, au milieu des autres, elle aperçut la petite fille, qui portait, cette fois-ci, une robe blanche à fleurs, une tenue qui illuminait son teint caramel.

Quels sont ses plats préférés ? Aime-t-elle l'école ? Quels sont ses loisirs ? Elle aurait tout donné pour connaître ces réponses.

La petite avançait vers l'angle de la rue où la même femme l'attendait. Grande, élégante, et toujours aussi attentive, cette dernière tendit la main à l'enfant en souriant. France observa leur échange, une tendresse évidente se lisait dans leurs gestes. Une pointe de jalousie mêlée de mélancolie serra sa poitrine, mais elle la réprima aussitôt. Ce n'était pas le moment. Elle détourna les yeux et fit demi-tour, décidant qu'il valait mieux partir. Elle prit place sur son vélo et se dirigea vers la maison d'Adriel.

***

Chaque jour, le même manège, même lieu, même endroit — la sortie d'école. Une force irrésistible la poussait à revenir inlassablement dans cette zone. C'était devenu son rituel, comme un besoin impérieux d'accéder à l'eau sous la chaleur brûlante de la savane. Il fallait être là. Voir. Guetter. Guetter ce bel enfant, le plus beau du monde, puis se rendre chez Adriel pour s'abandonner dans ses bras.

Un jour, l'enfant était sortie avec une corde à sauter bleue et une boîte à goûter assortie, au point de se demander si le bleu était sa couleur favorite. Chaque détail comptait, chaque petite habitude trouvait sa place dans l'esprit de France.

Récemment, elle avait laissé ses cheveux crépus libres après avoir retiré ses tresses, une coiffure qui traduisait un malaise profond. Son visage trahissait son inconfort, tandis que ses mains s'acharnaient à attacher, détacher et remettre son élastique, luttant vainement contre cette masse indisciplinée, impossible à maîtriser. Cette lutte l'ébranlait jusque dans ses entrailles.

Un jour, sa curiosité l'emporta. Jusqu'ici, ses pas s'arrêtaient toujours à l'angle de la rue, là où la grande femme blonde venait récupérer l'enfant. Mais ce jour-là, impossible de résister à l'envie d'aller plus loin.

La filature commença. La femme blonde s'était garée à quelques pas de l'école, dans une grande Mégane. L'idée qu'elles vivaient dans le quartier semblait logique, mais non. La voiture s'éloigna, emportant la petite passagère et laissant derrière elle une frustration amère. L'espoir de découvrir quelque chose, même insignifiant, s'était envolé.

Cette frustration la rongea jusqu'à chez Adriel. Mais, au lieu de se laisser envahir, elle la transforma. Dans ses bras, une autre facette prit le dessus : plus autoritaire, plus audacieuse, comme si ce besoin de contrôle trouvait enfin un exutoire. Avec Adriel, elle se sentait puissante, une femme qui, enfin, savait ce qu'elle désirait.

Elle ne pouvait pas s'arrêter là. Chaque jour, l'envie d'en savoir davantage se faisait plus pressante. Une nouvelle compulsion la tiraillait : prendre une photo de la fillette. Pas simplement pour un instant, mais pour immortaliser ce sourire, ces boucles crépues qui formaient des arabesques délicates.

Elle s'était pourtant promis de ne pas franchir certaines limites. Observer de loin, oui, mais interagir ou s'imposer dans sa vie ? Non, jamais. Pourtant, c'était plus fort qu'elle.

Un jour grisâtre du mois d'octobre, elle choisit de se poster un peu plus tôt, espérant trouver un meilleur angle pour la voir sortir de l'école. L'appareil photo reposait dans le sac, prêt à l'emploi. L'attente s'étira, ponctuée par l'analyse minutieuse de chaque détail environnant : les grilles, les autres parents.

Quand la fillette apparut enfin, toujours accompagnée de sa camarade, son cœur accéléra. Elle sortit précipitamment son appareil et ajusta l'objectif, mais les enfants et les parents autour d'elle gâchaient son angle de vue. Ce fut un échec.

Peut-être qu'une autre occasion se présenterait. Le marché, par exemple. Ou l'église. Des lieux où les villageois finissaient toujours par se croiser.

Pourtant, malgré des promenades répétées entre les étals colorés, des heures passées sur les bancs froids de l'église, le visage tant recherché ne se montrait qu'à la sortie de l'école.

Coûte que coûte, son visage serait immortalisé. Pas seulement pour ne pas l'oublier une fois partie d'ici, mais pour sceller cette connexion inexplicable qui, bien qu'unilatérale, la liait à l'enfant d'une manière inébranlable. C'était une preuve, à ses yeux, de leur lien sacré. Une manière de dire : J'étais là. J'ai croisé ta vie, même si tu ne le sais pas.

**

Elle était accroupie dans le jardin de Marcel, distraite. Lui, à quelques mètres seulement, était à genoux. Ils ramassaient les feuilles mortes éparpillées dans le potager.

Marcel, fidèle à lui-même, parlait sans s'arrêter, commentant l'entretien des potagers et la plantation des légumes. Elle hocha la tête de temps en temps par politesse.

— Octobre, c'est le moment de préparer la terre pour l'hiver, disait-il en désignant un coin du jardin. Il s'interrompit pour saisir un outil dont elle ignorait le nom avant de reprendre :

— Les légumes-racines, les salades, ils aiment bien cette période. Les gens pensent que tout s'arrête après l'été, mais c'est maintenant qu'on prépare l'année prochaine. Elle acquiesça vaguement, grattant ses ongles pour enlever une trace de terre.

Je déteste ça, la terre. Pourquoi j'ai accepté de venir ici ? Ah oui, pour lui emprunter sa voiture. Elle fit semblant de s'intéresser davantage.

— Et tu protèges les plants comment ?

— Facile, répondit-il avec enthousiasme. Un voile d'hivernage ou des feuilles mortes. Il sourit, satisfait de sa réponse. Elle attendit un instant avant d'oser formuler sa vraie demande.

— Tu sais, Marcel, j'aurais besoin de faire quelques courses un peu loin. Je n'ai pas de voiture. Est-ce que tu crois que je pourrais...

— Mais bien sûr que oui ! Fais comme chez toi. Il suffit de me prévenir. Moi, je ne l'utilise presque plus. Elle le remercia d'un sourire, soulagée.

***

Depuis quelques semaines, il pleuvait souvent, pour ne pas dire tout le temps. Pourtant, dans son cœur, brillait un soleil doré comme du miel chaud. Franchement, c'était une chance que Marcel lui prête la voiture. Faire du vélo avec cette odeur continue de terre mouillée aurait été une horreur. Elle s'était garée près de l'école primaire à 15 h 30, beaucoup trop tôt. Pour occuper son esprit, elle décida d'aller acheter quelques desserts à la boulangerie.

Dès qu'elle pénétra dans la boutique, une odeur désagréable la saisit. Un mélange d'humidité et d'œufs qui lui donna aussitôt la nausée. Peut-être une expression de dégoût s'était-elle affichée sur son visage, car la vendeuse lui lança un regard glacial. Pendant un moment, France crut qu'elle lui demanderait de quitter sa boulangerie. Mais non. La femme se contenta de la regarder en biais, les bras croisés, l'air mécontent.

Elle préféra ne pas s'en formaliser et posa les yeux sur la vitrine. Mais les pâtisseries, à l'image de la vendeuse, semblaient fatiguées. Elle mit un moment à choisir entre une tarte aux pommes sans pommes, un fraisier dégoulinant et un mille-feuille réduit à deux feuilles. Rien ne lui donnait envie. Même la baguette était trop cuite, un danger pour les dents de Marcel. La commerçante, impatiente, tapait du pied en attendant sa commande.

Les joues en feu, ses mains devenaient moites. C'était toujours comme ça lorsqu'elle tergiversait et qu'on la pressait. Un client entra. Et là, miracle : la vendeuse, soudain excessivement courtoise, l'accueillit avec un grand sourire. Cet échange permit à France de se ressaisir. Elle inspira profondément. La vendeuse l'avait bel et bien mal accueillie, elle en était maintenant certaine. Lorsqu'elle termina avec le client, France, plus assurée, déclara avec fermeté :

— Je voudrais le fraisier pour quatre personnes, un pain de campagne tranché, quatre pains au chocolat, quatre croissants, quatre pains aux raisins et quatre croissants aux amandes.

— 57 francs. Répondit froidement la marchande sans même lever les yeux.

Une vague de colère monta, brûlante, mais France trouva la force de se maîtriser et déclara d'une voix calme :

— Si vous n'êtes pas capable de me regarder et de m'accueillir correctement dans votre boulangerie, vous pouvez tout garder.

Un sentiment de fierté transportait chacun de ses pas en quittant les lieux. Les minutes filaient, la grande blonde était déjà à l'angle de la rue.

La proximité permit à France d'observer chaque détail de son visage. Aucune hésitation possible : cette femme était magnifique. Silhouette harmonieuse, allure élégante, le genre de personne qui captait les regards, hommes et femmes confondus. C'était donc elle qui s'occupait de l'enfant. Un pincement au cœur la saisit. Alors qu'elle accélérait le pas, la voix de l'enfant retentit.

— Maman !

— Oh ! Mon trésor.

Ce mot trésor la cloua sur place. Comme une statue, elle resta figée, incapable de bouger. La gorge nouée, France s'éloigna à grands pas.

Elle reprit ses esprits lorsqu'elle vit la Mégane s'éloigner. Et ce fut le signal. France lança le moteur en trombe, son cœur s'emballa. L'espoir de ne pas les perdre de vue pulsait dans ses tempes. La Mégane avançait à allure modérée. Les mains moites, elle tenait fermement le volant et gardait une distance raisonnable. Elles s'arrêtèrent devant une jolie demeure en pierre, entourée d'un jardin bien entretenu. France ralentit, chercha un endroit où se garer sans attirer l'attention.

Elle observa la femme et l'enfant sortir de la voiture. La petite jouait avec ses cheveux qui avaient gonflé à cause de l'humidité. La femme, elle, se dirigea vers la porte d'entrée et jeta un regard rapide autour d'elle.

Lorsque la barrière se referma derrière elles, France ouvrit sa portière et sortit, son appareil photo en main. Elle fit le tour de la demeure, chercha l'angle parfait. La maison était charmante, presque trop parfaite. Cet enfant détonait dans ce décor, avec cette grande blonde et cette maison luxueuse. Tout sonnait faux. Était-ce son chagrin qui parlait ?

Elle se positionna dans un coin, espérant apercevoir la petite à travers une fenêtre. Mais les rideaux étaient tirés. Elle attendit, épia le moindre mouvement. Comme pour souligner sa contrariété, la pluie se mit à tomber. En quelques secondes, ses vêtements furent complètement trempés. Ses locs, alourdies par l'eau, pesaient une tonne et gênaient ses mouvements. Visiblement, elle ne prendrait pas de photos aujourd'hui.

Finalement, elle fit demi-tour et rejoignit sa voiture en courant. Une fois à l'intérieur, elle posa l'appareil photo sur le siège passager et laissa sa tête tomber sur le volant. Sa respiration était haletante. Elle était trempée, frigorifiée et vidée. *France, qu'est-ce que tu fais là ?*

***

France attendait dans sa voiture, le regard fixé sur la Mégane noire qui s'éloignait. Elle tourna la clé dans le contact, le moteur ronronna, et elle s'engagea sur la route. Elle roulait à bonne distance pour ne pas éveiller de soupçons. La Mégane s'arrêta enfin devant la même bâtisse qu'hier. France se gara un peu plus loin et coupa le moteur. Elle les observa descendre de la voiture.

L'enfant leva les yeux vers le ciel, les gouttes de pluie glissaient sur son visage. France sentit une urgence inexplicable monter en elle. Elle ouvrit son sac à dos, sortit son appareil photo. D'un geste précis, elle fit descendre la vitre et ajusta l'objectif. La pluie tambourinait sur son appareil. Clic. Clic. Clic. Elle immortalisa l'éclat de rire de la gamine, visage tourné vers le ciel, puis la filma sautant joyeusement dans une flaque.

Sans savoir pourquoi, son objectif dériva vers la femme blonde. Elle la captura en train de fermer la portière, de courir main dans la main avec la petite, puis dans un dernier regard jeté vers la rue. Ce regard. France eut une montée d'adrénaline, comme si, pendant une fraction de seconde, la femme avait senti sa présence. Satisfaite, elle laissa sa tête retomber sur le siège auto. L'habitacle était rempli de buée, et ses mains tremblaient encore d'excitation. Son esprit divaguait, repassant les images capturées, mais ses pensées s'égarèrent vers Adriel.

Elle imaginait ses mains chaudes sur elle, son souffle contre sa peau, la manière dont il la ramenait à elle-même, lui rappelait qu'elle était vivante.

Lorsqu'elle arriva chez lui, elle était trempée. Ses vêtements collaient à sa peau, et ses locs, alourdies par la pluie, lui tombaient sur les épaules.

— Mais qu'est-ce qui t'est arrivé ? Tu es trempée ! s'exclama Adriel en venant à sa rencontre.

Elle resserra ses bras autour d'elle, le corps recroquevillé.

— Oui, j'ai froid.

Elle posa son sac près de l'entrée, se débarrassa de ses vêtements détrempés et se dirigea vers la salle de bain. Sous la douche, l'eau chaude apaisa sa peau glacée et ses pensées agitées.

— Amouré… tu n'as plus de gel douche ! lança-t-elle en riant.

Adriel répondit depuis la pièce voisine d'un ton moqueur.

— Amouré ? Qu'est-ce qui t'arrive, France ? Tu as reçu un coup sur la tête ?

Elle sursauta en le voyant ouvrir la porte de la douche.

— Tu as du gel douche ici, dit-il en désignant une étagère. Et on dit amour, pas amouré.

— Dans mon pays, on dit amouré. Tu n'aimes pas ? répondit-elle avec un sourire espiègle.

Adriel resta figé un instant, décontenancé par l'intensité de son regard. Puis, attiré par une force invisible, il se laissa happer. Elle s'agrippa à sa chemise rouge à carreaux, l'attirant contre elle.

Leurs lèvres se rencontrèrent. L'eau ruisselait sur leurs corps. Ils firent l'amour sous la douche dans un même élan.

Lorsqu'ils sortirent enfin, épuisés mais apaisés, Adriel lui tendit une serviette, un sourire tendre aux lèvres.

— Je crois que je commence à aimer amouré.

Elle éclata de rire, le cœur plus léger, et se laissa envelopper par la douceur du moment.

Ce soir-là, après l'amour, la chambre était plongée dans une semi-obscurité. France était allongée près d'Adriel, ses doigts dessinaient des cercles sur son torse. Il afficha un air pensif, son regard fixé sur le plafond.

— Tu sais… commença-t-il après un long silence.

Elle releva la tête, attentive.

— Je crois que c'est la première fois que je me sens… aussi bien avec quelqu'un.

Ses mots la touchèrent plus qu'elle ne l'aurait cru, mais elle garda un visage neutre.

— C'est vrai ?

Adriel hocha lentement la tête, ses yeux se posèrent enfin sur elle.

— Oui. Et je ne dis pas ça à la légère. Je veux dire… j'ai souvent eu l'impression que tout le monde voulait que je sois quelqu'un d'autre. Mes amis, ma famille… Ils disaient que je devrais me poser, que je devrais changer mes habitudes, rendre mon intérieur plus accueillant, moins… marginal.

Il eut un sourire amer, comme s'il repensait à toutes ces remarques entendues au fil des années.

— Et ils avaient tort, ajouta-t-il rapidement. Parce que je savais que ce n'était pas à moi de changer. Je savais que, si je devais aimer quelqu'un, ce serait une personne qui m'accepterait tel que je suis, sans vouloir me transformer.

France sentit son cœur se serrer. Ces mots résonnaient en elle d'une manière qu'elle n'avait pas anticipée.

— Et toi… toi, tu es cette personne, France. Tu acceptes tout de moi. Ma maison, mes habitudes, mes excentricités. Avec toi, j'ai l'impression que tout est juste, tout est simple.

Il posa une main sur son visage, ses doigts effleurèrent sa joue.

— Et c'est pour ça que je veux plus.

Elle fronça les sourcils.

— Plus ?

— Oui. J'aimerais te présenter à mes amis, à ma famille. Te montrer une autre facette de ma vie. J'aimerais qu'on sorte, qu'on fasse des choses qu'un couple fait. Dîner avec des amis, aller passer un dimanche chez mes parents…

France détourna les yeux. Elle sentit une boule se former dans sa gorge.

— Mais pourquoi ? demanda-t-elle dans un souffle. On est bien comme ça, non ?

Adriel se redressa et prit appui sur son coude pour la regarder.

— Oui, on est bien. Mais parfois, j'ai l'impression que tout ça n'est pas… réel.

Il marqua une pause.

— Parfois, j'ai peur. Peur que tout ça... disparaisse, comme ça, du jour au lendemain.

France força un sourire.

— Adriel... je ne suis pas sûre d'être prête.

— Prête pour quoi ? demanda-t-il fébrilement, ses yeux rivés dans les siens.

— Pour... tout ça. Rencontrer tes amis, ta famille. Ça me fait peur.

Il hocha lentement la tête, sans la quitter des yeux.

— D'accord, je te laisse encore un peu de temps. Tu as jusqu'à Noël, car mes parents nous invitent pour les fêtes.

France détourna les yeux. Et répondit un ok, perplexe.

***

France s'affairait dans la cuisine de Marcel, concentrée sur la préparation du dîner. Elle avait trouvé des pommes de terre, des carottes et quelques épices dans ses placards et improvisait un plat mijoté au poulet. Les odeurs qui s'échappaient de la marmite commençaient à remplir la pièce, et Marcel, assis à la table, la regardait avec curiosité.

— Ça sent bon, dit-il en s'étirant dans son fauteuil avant d'ajouter : Qu'est-ce que tu prépares ?

— Oh, rien de très compliqué. Juste du poulet aux légumes, un peu relevé. Mais pas trop, hein, je sais que tu n'aimes pas les plats épicés.

Il sourit, amusé.

— C'est plus fort que toi. Tu ne peux pas t'empêcher d'utiliser les épices. Elle hocha la tête.

— Oui, au Bénin, on aime les épices. J'ai grandi là-bas, donc c'est un peu dans mes habitudes.

Marcel sembla surpris.

— Tu viens du Bénin ?

— Oui. J'y ai vécu jusqu'à mes 18 ans. Après ça, je suis venue en France, chez mon oncle et ma tante, pour continuer mes études.

— Et tes parents ?

— Ils sont toujours là-bas. Ils aiment le Bénin, ils n'ont jamais voulu le quitter.

Marcel hocha la tête, pensif.

— Et toi, tu les vois souvent ?

— Une fois par an, pendant mes vacances. Je reste généralement un mois avec eux.

Il garda le silence un instant avant de reprendre :

— Et ici, qu'est-ce que tu fais dans la vie ?

— J'étais conseillère bancaire, j'ai été licenciée.

— Ah, ça ne doit pas être évident…

— Non, mais ça va. J'essaie de voir ce que je peux faire ensuite. Pour l'instant, je prends le temps de réfléchir.

Marcel la regardait toujours avec attention, mais son sourire s'était effacé.

— Et c'est pour ça que tu es venue ici ? Pour réfléchir ?

— Oui, j'ai besoin de prendre du temps pour moi.

Marcel sembla méditer sur ses paroles. Il se leva et commença à dresser la table.

— J'ai du mal à comprendre. Il me semble que ma petite-fille m'avait dit que tu cherchais à t'installer dans le coin, car tu ne supportais plus la région parisienne.

France sentit son cœur battre un peu plus vite.

— Euh... oui... enfin peut-être. Je ne sais pas. J'ai besoin de temps.

— Ah... fit Marcel.

— Enfin, je veux dire, j'avais envisagé de visiter la région, mais ce n'est pas un projet concret pour l'instant.

— C'est étrange, quand même. Tu sors tous les jours à la même heure et tu reviens toujours comme si de rien n'était.

France posa la cuillère en bois et se retourna pour lui faire face avec un sourire forcé.

— J'aime marcher, tu sais. Ça m'aide à prendre les bonnes décisions.

Marcel la fixa un instant, comme s'il cherchait à lire entre les lignes de ses paroles. Puis il haussa les épaules, signe qu'il ne voulait pas insister.

— Eh bien, j'espère que cette réflexion t'apportera des réponses, dit-il simplement en déposant les couverts sur la table.

France hocha la tête et posa les assiettes devant eux.

Pendant qu'ils mangeaient, elle fit de son mieux pour parler de sujets légers : des anecdotes sur le Bénin, des recettes qu'elle avait apprises avec sa mère. Marcel écoutait.

Lorsqu'ils terminèrent le repas, il se leva pour débarrasser la table.

— Merci pour le dîner, c'était délicieux, dit-il finalement avec un sourire. Mais, France... Si jamais tu veux parler, vraiment parler, je suis là.

Elle se leva, prit une grande inspiration avant de sortir discrètement de la cuisine.

***

Le sommeil fuyait. Les mots échangés avec Adriel tournaient en boucle dans sa tête, entrelacés avec les questions posées par Marcel plus tôt. Chaque phrase entendue ou prononcée s'écrasait contre elle, amplifiait un poids déjà trop lourd. Allongée dans le lit, incapable de trouver une position confortable, elle s'agitait. Les draps, trop chauds, trop lourds, accentuaient son malaise. Sa respiration rapide trahissait un esprit incapable de se taire. L'honnêteté lui avait fait défaut, mais comment l'atteindre ? Ses émotions, son passé, étaient coincés quelque part, comme une boule nouée dans sa gorge. Ce n'était pas seulement une question de vérité ou de mensonge, mais une peur viscérale. Dire toute la vérité… que deviendrait-elle ? Que penseraient-ils ? Que faisait-elle là, à traquer un enfant presque inconnu, dans un village étranger, qu'espérait-elle obtenir en suivant cette petite fille ? Le visage enfoui dans les mains, un long soupir franchit ses lèvres. Elle aurait dû rester indécise, comme toujours. Ce trait qu'elle détestait tant l'aurait au moins tenue à distance de cette histoire.

***

Elle n'était pas venue ici pour changer de vie. Pas vraiment. Elle était venue pour s'apaiser, pour déposer enfin cette douleur qui lui collait à la peau. Pour trouver, peut-être, une manière de continuer à respirer. Depuis des années, sa vie n'avançait plus. Ou plutôt, elle tournait en rond. Elle n'espérait rien de ce lieu. Mais ce qu'elle y trouvait dépassait tout ce qu'elle avait imaginé. Ce n'était pas seulement le calme des paysages, ni la présence d'Adriel. C'était une manière d'exister autrement. La vie, ici, lui tendait quelque chose d'inattendu. Et même si elle n'osait pas encore le saisir, elle savait qu'elle n'était plus tout à fait figée.

Son amour pour Adriel s'amplifiait de jour en jour. À chaque pensée pour lui, un frisson parcourait son corps, rappelant qu'il était peut-être le bon, celui attendu depuis si longtemps. Pourtant, impossible pour elle de s'établir ici. Jamais elle ne pourrait lui demander de tout quitter, d'abandonner sa vie pour la suivre. L'amour était là, solide, mais ce genre de sacrifice imposé finissait toujours par peser. Un bruit sourd la tira de ses pensées. Brusquement, elle se leva et s'approcha de la fenêtre. Dehors, la nuit était noire, aussi noire que le tumulte de son cœur à cet instant.

2

Quand le silence brûle

« Les braises d'un cœur blessé peuvent réchauffer ou incendier. » Victor Hugo

L'automne avait totalement pris sa place dans le paysage normand. Et c'était une chance, en vérité, lorsqu'il ne pleuvait pas. Ce matin-là, le ciel était gris, uniforme, presque pesant. Les arbres, dépouillés de leurs feuilles, n'avaient plus rien de charmant. Quelques magasins commençaient à afficher des décorations de Noël. Les rues se paraient peu à peu de guirlandes lumineuses, mais l'effervescence festive n'atteignait pas son humeur.

Depuis quelques jours, elle restait chez Adriel, évitant soigneusement Marcel. Ses conversations la mettaient mal à l'aise, ses questions l'effrayaient. Il attendait des réponses, des explications sur son installation ici, sur ses allées et venues. Mais il était hors de question qu'elle se justifie. Alors, elle disparaissait de son champ de vision. Cette esquive lui permettait aussi de passer davantage de temps avec Adriel, et ce n'était pas pour lui déplaire. Ils apprenaient à se découvrir en profondeur, du matin jusqu'au soir, partageant des instants qui, malgré leur simplicité, lui paraissaient précieux. Être à ses côtés, c'était comme savourer une gourmandise au quotidien. Tout était doux, fluide, presque trop parfait. Ils n'avaient pas encore eu leur première dispute, et pourtant, elle sentait qu'elle viendrait. Ce genre d'harmonie finissait toujours par se fissurer, non ? Ou du moins, elle le pressentait.

Le seul hic, c'était de trouver des excuses pour s'éclipser chaque après-midi, toujours à la même heure. Elle ne pouvait pas renoncer à son rituel. Se rendre devant cette école primaire était devenu une nécessité, une obsession qu'elle ne parvenait pas à freiner. Adriel ne posait pas de questions, mais, parfois, elle sentait qu'il l'observait, intrigué.

Cet après-midi, elle changea ses plans, simplement parce qu'elle n'avait plus d'excuse à donner à Adriel. Alors, elle l'aida à emballer une lampe en bois sculpté pour une cliente qui arriverait d'un instant à l'autre. Une femme de taille moyenne, en tenue décontractée, se tenait sur le seuil de la porte. Son regard s'attarda sur France, éveillant une méfiance immédiate.

— Bonjour, dit-elle, ses yeux allant de France à Adriel.

France répondit par un sourire timide.

— Vous vous connaissez ? demanda-t-elle à Adriel, un ton curieux dans la voix.

Pris au dépourvu, il chercha ses mots.

— Oui... C'est... mon amie.

Soulagée, la cliente ajouta innocemment :

— Ah, je vois. Parce qu'on vous a vue plusieurs fois près de l'école primaire de Bazoches.

Le sang de France se glaça. Ses joues s'enflammèrent. Elle ouvrit la bouche, mais aucun son n'en sortit. Avait-elle bien entendu ? Elle tenta de répondre, de trouver une explication, mais les mots restaient bloqués dans sa gorge.

— Oui... Enfin... balbutia-t-elle. Elle avait l'impression que le sol s'effondrait sous ses pieds.

— J'ai... une connaissance là-bas, finit-elle par dire, sa voix faible, presque inaudible.

Heureusement, un homme poussa la porte à cet instant.

— Adriel, ton jardin est superbe, dit-il en s'approchant, détournant l'attention.

France profita de ce répit pour reculer de quelques pas, mais elle savait que ce n'était qu'une question de temps.

Lorsque la cliente et son mari repartirent, Adriel se tourna vers elle, le regard interrogateur.

— Qu'est-ce qu'elle voulait dire… Pourquoi t'a-t-elle vue là-bas… Pourquoi à ce moment-là…

Son ton était calme, mais ses yeux exigeaient une réponse. France sentit la panique monter. Elle chercha désespérément une échappatoire. Elle devait répondre, mais que pouvait-elle dire ?

— S'il te plaît, explique-toi, justifie-toi, défends-toi, insista Adriel en s'avançant droit devant elle, les yeux plongés dans les siens.

Sous le poids de son regard, France recula instinctivement et s'assit sur le canapé. Sa tête baissée trahissait son malaise, et le silence qui s'installait entre eux devenait de plus en plus pesant. Le vide total. Les mots lui échappaient. Elle avait oublié comment les phrases se construisaient, comment les syllabes se liaient. Son esprit était figé, incapable de formuler quoi que ce soit.

— France.

Adriel poussa un soupir, mais sa voix resta ferme, marquée d'une insistance pleine d'inquiétude.

— Ton comportement me préoccupe, tu comprends ? J'ai besoin de savoir ce qui se passe. Plus tu restes muette, plus je vais imaginer le pire.

Elle ne bougea pas, toujours incapable de répondre.

— Tu veux écrire. Peut-être que ça serait plus facile pour toi. Tu pourrais écrire ce que tu ne peux pas me dire.

France releva la tête, son regard croisant brièvement celui d'Adriel, et, dans un souffle presque imperceptible, elle murmura qu'elle voulait écrire.

Adriel lui adressa un signe d'encouragement.

— Oui, écrire. Je vais te laisser quelques minutes.

Il s'éloigna vers la cuisine, sans insister davantage. Dès qu'il fut hors de son champ de vision, France se leva lentement, comme si son corps refusait de la porter, traversa le salon et entra dans la chambre. Pensive, elle posa la main sur son sac quelques instants.

Avec assurance, elle commença à ranger négligemment ses affaires. Jeta un dernier regard autour d'elle. Adriel était toujours dans la cuisine, dos tourné. France avança vers la porte d'entrée, l'ouvrit avec précaution et disparut dans la nuit.

***

Allongée sur son lit, France se demandait si fuir ne serait pas la meilleure solution. Ses pensées tournaient en boucle. Partir, pour ne pas dévoiler ses secrets. Partir, pour éviter d'affronter son passé. Pour ne pas se retrouver face au regard d'Adriel, ou de Marcel. Mais cette idée résonnait en elle comme une forme de lâcheté.

Elle ne comprenait pas pourquoi elle avait aussi peur de parler d'elle-même. Pourquoi ce silence, toujours. Elle se jugeait durement. Ce manque de confiance en elle, cette façon de douter de tout, surtout du bien qu'on pouvait lui vouloir. Elle avait honte de ne pas croire qu'Adriel pourrait l'aimer, même avec ses fêlures. Elle s'en voulait de penser qu'il la rejetterait peut-être, s'il découvrait toute son histoire. Mais c'était plus fort qu'elle. Cette peur, elle la portait depuis si longtemps qu'elle ne savait plus comment vivre sans.

Dans la cuisine, elle aperçut une femme aux cheveux courts et aux traits familiers. Hélène, la fille de Marcel, était là, un sourire chaleureux aux lèvres.

— Ah, France ! lança Hélène. Je ne voulais pas te déranger. Je suis juste venue chercher Papa.

— Bonjour Hélène... chercher Marcel ?

— Oui, pour quelques jours. C'est l'anniversaire de mon mari, et j'ai pensé que ce serait bien qu'il soit avec nous pour la fête. Il n'a rien dit ?

France hocha la tête et lança un regard à Marcel, qui sourit.

— J'allais t'en parler. Je ne voulais pas te laisser toute seule sans te prévenir. Mais je pense que ça te fera du bien d'avoir un peu de tranquillité, dit-il, sa voix bienveillante mais directe.

Alors qu'elle observait Marcel et Hélène se préparer à partir, elle ressentit un mélange étrange de soulagement. Enfin seule.

***

Les jours suivants, France s'enferma chez Marcel, comme pour se protéger d'un monde qu'elle ne savait plus affronter. Elle avait commencé par nettoyer la maison de fond en comble. Chaque recoin, chaque surface, chaque objet y passait, et pourtant, malgré ses efforts, elle ne parvenait pas à apaiser ce chaos intérieur. Lorsqu'elle avait épuisé toutes les tâches ménagères possibles, elle s'était installée dans le vieux fauteuil du salon, une couverture sur les genoux, et avait plongé dans un marathon des **Trois drôles de dames**.

L'ennui la rongeait lentement. Ce n'était pas le genre d'ennui qu'un simple passe-temps pouvait combler, mais un vide plus profond, une sensation d'immobilité, d'être enfermée non pas dans cette maison, mais dans une prison façonnée par son esprit. Adriel revenait souvent dans ses pensées. Son regard inquiet lorsqu'il avait demandé de parler, sa voix pleine d'espoir en proposant d'écrire… et ce silence en réponse, si lourd, si impardonnable.

Ce geste avait été un manque de respect, partir ainsi, sans explication, sans rien laisser pour apaiser l'incompréhension. Mais au lieu de réagir, d'affronter la honte et la culpabilité, l'enfermement s'était accentué, repoussant le moment de faire face à ses choix.

***

Les traits de son visage s'adoucirent alors qu'elle feuilletait l'album photo de Marcel. Les superbes clichés, tous en noir et blanc, révélaient une profondeur et une sensibilité qu'elle ne lui connaissait pas encore tout à fait. Des images de lui et de sa femme, de ses enfants, des instants suspendus dans le temps. Tout dans cet album transpirait la simplicité d'une vie bien remplie, une vie qu'elle n'avait jamais vraiment osé rêver pour elle-même.

C'est alors que l'idée lui vint, comme une évidence. Elle aussi avait des histoires à raconter, des regards à immortaliser. Des clichés qu'elle avait pris, pour garder une trace, pour comprendre, pour se rapprocher. Elle referma l'album, se leva d'un bond et se dirigea vers la chambre noire.

Elle enclencha l'interrupteur. Tout était prêt : les produits chimiques soigneusement alignés, les cuves propres, les pinces à linge accrochées à un fil tendu dans un coin. Elle sortit les négatifs de leur pochette, ses gestes incertains. C'était la première fois qu'elle développerait des photos sans Marcel.

Elle ajusta le premier négatif sous l'agrandisseur et observa l'image se projeter sur le papier vierge. Puis, avec des gestes fluides, elle fit glisser le papier dans le premier bain de révélateur. Peu à peu, des contours apparurent. La scène prenait vie sous ses yeux.

Le premier cliché montrait la fillette levant les bras sous la pluie, son visage illuminé d'un bonheur pur et insouciant. France s'arrêta, le souffle coupé. Elle n'avait jamais remarqué à quel point ce moment était puissant, presque sacré. Un autre cliché dévoila la petite, un sourire espiègle aux lèvres, les cheveux encore mouillés, sautant dans une flaque d'eau. Puis un portrait plus sérieux, où elle regardait directement l'objectif.

Photo après photo, l'album de France se dessinait sous ses yeux. Ce n'étaient plus seulement des clichés, mais des morceaux d'un lien qu'elle espérait réparer un jour. Elle accrocha les tirages sur le fil pour les faire sécher, avec une pointe de fierté et de tristesse. Elle observa les photos alignées, chuchota :

— Magnifique.

Lorsqu'elle éteignit la lumière pour quitter la chambre noire, une pensée lui traversa l'esprit : peut-être que ces photos pourraient parler pour elle, un jour, lorsque les mots manqueraient.

En attendant que les photos sèchent, France s'attela à d'autres tâches. Elle passa l'aspirateur dans le salon, ajusta quelques coussins sur le canapé, puis se perdit dans une série. Un bruit de moteur la fit sursauter. Elle regarda par la fenêtre : Hélène et Marcel.

Elle se précipita dans le couloir, ouvrit la porte de la chambre noire avec fracas. Sans perdre une seconde, elle arracha les pinces une à une, empila les prises de vues. Elle referma la porte, reprit son souffle et fourra les clichés dans une boîte qu'elle glissa dans son sac à dos. Elle prit quelques secondes pour détendre les traits de son visage avant de descendre.

— Ah, Marcel, tu es là ! Ça va ? Tu as l'air en forme.

— Oui, oui, ça va... j'ai passé de bons moments. Et toi, ça s'est bien passé ?

— Oui, rien de spécial.

Elle discuta avec Hélène et Marcel avant de remonter dans sa chambre afin de contempler ses clichés.

***

Alors qu'elle classait ses photos avec soin, un détail la fit tiquer : il manquait une image, celle de la grande blonde. France mordit ses lèvres, chercha sur la table, puis dans son sac. Rien. Une vague de panique l'envahit. Peut-être l'avait-elle laissée dans la chambre noire ? Elle se leva précipitamment, se répétant qu'elle irait vérifier une fois que Marcel serait couché. Cependant, une pensée s'imposa, plus forte. Elle avait peut-être laissé la photo traîner dans la maison. Une erreur qu'elle ne pouvait pas se permettre.

Poussée par cette inquiétude, France ouvrit la porte de sa chambre et guetta les bruits dans la maison. Des voix résonnaient. L'une, grave et familière, fit bondir son cœur — Adriel. L'autre appartenait à Marcel. Un troisième timbre, féminin, pouvait être celui d'Hélène. Elle s'avança prudemment dans le couloir, veillant à ce que le bois du plancher ne trahisse pas sa présence. Mais le parquet grinça, stoppa net sa progression. Je dois affronter ça. Fuir n'était plus une option. D'une main crispée sur la rambarde, elle descendit les escaliers, s'efforçant d'adopter un air calme et assuré.

Arrivée dans le salon, ses pas s'immobilisèrent. Là, sous ses yeux, se trouvait la photo manquante. Marcel la tenait entre ses mains, la montrait à Adriel. Leur conversation s'interrompit brutalement en la voyant entrer.

— Bonjour, dit-elle d'une voix qui se voulait ferme, mais qui vacilla légèrement.

Adriel ne répondit pas. Son regard glacial restait fixé sur France. Marcel, d'un ton plus doux, brisa le silence :

— France, je crois que cette photo t'appartient. Veux-tu nous expliquer ?

Elle ouvrit la bouche, mais aucune explication n'en sortit. Ses yeux se posèrent sur la photo, l'esprit embrouillé. Adriel, toujours debout, fit un pas en avant.

— Tu la connais ? demanda-t-il, d'une voix grave.

France déglutit difficilement.

— Non, répondit-elle, sa voix à peine audible.

Adriel haussa les sourcils, croisa les bras sur sa poitrine.

— Explique-moi pourquoi tu l'as prise en photo, France. Ce n'est pas un cliché pris au hasard. Cette femme, Tamara, est chez elle, devant sa maison. Tu étais là, n'est-ce pas ? Devant chez elle. Pourquoi ?

Le nom de Tamara frappa comme un coup de tonnerre. Sa tête se mit à tourner, ses jambes peinèrent à la soutenir. Tout se bousculait : Adriel connaissait cette femme.

Marcel, voyant son trouble, intervint.

— France, assieds-toi, tu ne te sens pas bien. Hélène, va lui chercher un verre d'eau.

France s'exécuta, docile, l'air perdu. Elle fixait le sol, incapable de regarder Adriel ou Marcel dans les yeux. Hélène revint avec de l'eau et la lui tendit. France la prit, mais ne but pas.

— France, s'exclama Marcel. Est-ce que tout va bien ? Tu peux nous expliquer ?

Mais la seule réponse qu'ils reçurent fut un silence lourd.

Adriel s'avança vers elle.

— Je veux comprendre. Tu étais là-bas. Pourquoi ?

Elle leva les yeux vers lui, mais ses lèvres restaient closes.

Marcel posa une main rassurante sur son épaule, cherchant à calmer l'atmosphère.

— Peut-être qu'elle a une explication. Laissons-lui le temps.

Adriel hocha la tête, mais son regard restait dur.

— Très bien. Prenons le temps. Je ne partirai pas tant que tu n'auras pas répondu.

France baissa la tête, ses doigts serrant le verre d'eau. Quelques secondes plus tard, elle releva la tête, les yeux fatigués, mais pleins de détermination.

— Adriel… je te promets que je te dirai tout. Mais là… je n'en suis pas capable. Il me faut du temps, un peu de recul. Je ne veux pas en parler maintenant.

Marcel posa une main rassurante sur l'épaule d'Adriel.

— Allez, donne-lui du temps, dit-il en tapotant son épaule. On ne résout rien dans la précipitation. Je te propose de rentrer chez toi. France te donnera sans doute des explications valables après une bonne nuit de sommeil.

***

Plus tard dans la soirée, France prépara son sac. Elle savait qu'elle ne pourrait plus rester ici, pas après tout ce qui venait de se passer. Elle avait besoin d'air, de distance. Le lendemain matin, avant que quiconque ne soit réveillé, elle appela un taxi et quitta la maison.

***

Dans le taxi, France observait le paysage défiler à travers les gouttes de pluie qui glissaient sur la vitre. Les champs détrempés par la bruine reflétaient son état d'esprit, incertain, embrouillé. Ses pensées vagabondaient, mais elles revenaient inlassablement à Adriel et à leur première rencontre.

Elle se souvenait de cette soirée d'été, le 21 juin, lors de la fête de la musique. Hélène l'avait convaincue de l'accompagner à un concert dans un village voisin. Ce soir-là, France avait traîné les pieds, peu encline à se mêler à une foule bruyante. Mais Hélène avait insisté, affirmant que la musique brésilienne valait le détour.

Sur place, elle l'aperçut. Adriel n'avait pas un physique particulièrement marquant, mais il dégageait une présence. Hélène, qui le connaissait depuis longtemps, fit rapidement les présentations. France fut frappée par son authenticité et sa simplicité. Il parlait peu, mais chaque mot était pesé, chaque silence chargé d'une sorte de douceur.

Ils passèrent la soirée ensemble, un peu par hasard, un peu comme si la vie en avait décidé ainsi. Hélène, visiblement consciente de ce qui se jouait, les laissa seuls sous prétexte de devoir partir. La soirée se termina chez lui, dans sa maison encombrée d'objets précieux. Fascinée par cet environnement, France posa mille questions : sur ses projets, ses restaurations, son amour du bois. Lui, surpris qu'on s'intéresse à son univers, se livra plus qu'il ne l'aurait sans doute imaginé.

Au matin, elle avait dû partir. Hélène ayant disparu avec la voiture, Adriel lui avait prêté un vieux vélo vert. C'était ce vélo qu'elle utilisait encore aujourd'hui pour se déplacer. Avant son départ, ils avaient échangé un baiser, attendu sans doute toute la nuit. Ce souvenir lui réchauffa brièvement le cœur, mais il ne suffisait pas à dissiper le poids qu'elle ressentait.

Le taxi s'arrêta brusquement au feu. En levant les yeux, elle vit la gare se dresser devant elle, massive et austère sous la pluie battante. Elle paya le chauffeur, attrapa son sac et s'engouffra dans la gare presque déserte. Après un bref flottement, elle se dirigea vers le guichet et acheta un billet pour Paris. Le train de 15h45. Il n'était que 10h. Comment allait-elle tuer le temps ?

France sortit de la gare et marcha dans les rues du centre-ville. Les boutiques ouvraient seulement. La pluie avait ralenti. Elle trouva un petit café à l'angle et s'y installa. Elle sortit un stylo et une feuille vierge de son sac.

Marcel,

J'espère que tu me pardonneras
d'être partie comme une voleuse,
sans même un au revoir.

Je sais que j'ai été ingrate.
Tu as fait tellement pour moi,
plus que n'importe quelle autre personne dans ma vie.

LE FEU SOUS MA PEAU

*À tes côtés,
mon amour pour la photographie a grandi,
s'est transformé en quelque chose de plus profond,
de plus vrai.*

*Tu m'as appris à développer des photos,
à m'occuper d'un jardin,
à apprécier la patience et le soin dans chaque geste.*

*Tu as été un soutien précieux.
Mais je ne peux pas te rendre
ce que tu m'as donné.*

*J'ai essayé, Marcel.
J'ai essayé de m'ouvrir, de rester,
mais je n'en ai pas la force.*

*Ce n'est pas toi.
Ce n'est pas cette maison.
Ce n'est même pas cette vie.
C'est moi.*

*Je ne suis pas prête.
Peut-être que je ne le serai jamais.*

DARLÈNE RAYNE

Je te remercie pour tout, sincèrement.

Prends soin de toi,
et de ton jardin.

France

Elle posa le stylo, relut la lettre, la plia soigneusement, la rangea dans une enveloppe qu'elle adressa à Marcel, puis la glissa dans son sac.

***

Elle resta des heures dans le café, à observer les clients, leurs bavardages, leurs rires, leur légèreté. Elle attendait son train, le regard souvent perdu sur l'horloge qui avançait trop lentement. Toutes les deux heures, elle commandait une boisson chaude, bien qu'elle détestât cela. Peut-être était-ce la seule manière de rester ici sans attirer l'attention, sans se faire remarquer. Elle consommait, après tout. À midi, le serveur réussit à la convaincre de commander un plat. Une simple salade verte, mais l'assiette déposée devant elle offrait des couleurs ternes, presque désolantes. Elle picora quelques feuilles. Lorsque le serveur revint, France se sentit obligée de justifier son manque d'appétit.

— Désolée, je n'ai pas trop faim. J'ai... appris une mauvaise nouvelle, et je suis juste... là, à attendre mon train.

Il lui offrit un sourire compatissant, hochant la tête.

— Aucun souci, madame. Prenez votre temps.

Il emporta l'assiette à moitié pleine sans rien ajouter. France le regarda s'éloigner et soupira.

***

Lorsque 15 heures sonnèrent, elle décida de se lever. Le train n'était qu'à 15h45, mais l'idée de rester assise la rendait nerveuse. Elle sortit du café, inspira l'air frais et marcha lentement dans les rues animées du centre-ville. Les décorations de Noël illuminaient les vitrines, et les passants se pressaient avec des sacs pleins à la main, échangeant des rires et des anecdotes.

Elle continua d'arpenter les rues, passant devant un cinéma où une foule se rassemblait. Des familles riaient, des couples se tenaient par la main. C'est là qu'elle crut reconnaître une silhouette familière, une démarche qu'elle connaissait par cœur. Adriel.

Son cœur se serra, mais elle n'en était pas certaine. Elle s'approcha, se répétant que ce n'était qu'une illusion. Pourtant, plus elle avançait, plus elle sentait que c'était lui. La façon dont il se tenait, les épaules voûtées, sa posture tranquille. Et soudain, il se retourna.

En voyant Adriel, elle eut envie de sourire. Presque. Une envie aussi de courir vers lui, de lui expliquer tout ce qu'elle n'avait jamais osé dire. Peut-être ne la rejetterait-il pas. Peut-être comprendrait-il enfin ce qu'elle-même peinait à saisir. Mais c'était justement ce doute qui la paralysait. Ce vertige intérieur, cette crainte qui tordait tout.

S'il la jugeait, s'il la repoussait... Elle sentit une boule lui monter dans la gorge. Une pression familière, ancienne, qui lui coupait le souffle et lui rappelait à quel point elle avait toujours eu peur d'être trop — ou pas assez.

Ses pensées se bousculaient. Adriel connaissait Tamara. Comment ? Puis elle se rappela : dans ce village, tout le monde se connaissait. Il aurait suffi qu'ils aient été dans la même école, qu'ils aient grandi ensemble. Elle avait été naïve, elle aurait dû poser plus de questions, fouiller davantage dans la vie d'Adriel.

Elle secoua la tête, tenta de chasser ses pensées. Son regard tomba sur l'affiche de Pocahontas. Pourquoi Adriel faisait-il la queue pour un film pour enfants ? Puis elle aperçut la petite. Elle était là.

À cet instant, Adriel la remarqua. Il quitta aussitôt la file et marcha vers elle, laissant la petite derrière.

— Ne bouge pas, lui dit-il. Je reviens.

France ne sentait plus ses jambes. Le temps de réfléchir à quoi, au juste ? Adriel était déjà devant elle, le visage fermé.

— Qu'est-ce que tu fais là ?

Elle baissa la tête, l'air confus.

— Il y en a marre de ton cirque. Tu comptais encore fuir. Pourquoi tu te trouves dans cette ville, près de cette gare ?

France glissa les mains dans les poches de son blouson pour masquer son trouble.

— Ce n'est pas le moment.

— Pas le moment ? France, il faut que tu arrêtes de fuir. Tu ne peux pas continuer comme ça.

Une voix enfantine s'éleva derrière eux :

— Tonton Adriel, qu'est-ce que tu fais ?

Adriel se retourna et adressa un sourire rassurant à Pâris.

Le mot tonton vibra dans l'esprit de France. Ce mot, si anodin dans son pays d'origine, pouvait s'appliquer à n'importe quel homme plus âgé qu'un enfant. Mais ici, dans ce contexte, il portait un sens bien plus profond.

Tonton. Adriel était donc si proche de cette gamine ? Comment était-ce possible ? Cela faisait six mois qu'elle partageait sa vie. Six mois, et il n'avait jamais mentionné cette enfant, jamais parlé de cette relation si particulière. Mais presque aussitôt, une autre pensée l'assaillit. Non, c'était elle, France, qui avait construit des murs autour d'elle-même, des barrières infranchissables. Adriel avait plusieurs fois insisté pour la présenter à ses amis, à sa famille. Chaque fois, elle avait reculé, prétexté ne pas être prête.

— C'est une amie, Pâris, dit-il d'un ton rassurant. On va discuter un peu. On peut retourner plus tard au cinéma, je te le promets.

Ainsi, elle s'appelait Pâris.

Ce mot, composé de cinq lettres, se propagea dans son esprit comme un écho puissant, rebondissant dans les profondeurs de ses souvenirs. Pâris. Ce prénom qu'elle avait choisi il y a si longtemps, à l'aube d'une décision qui avait marqué toute sa vie. Elle revit l'étiquette en plastique attachée au poignet minuscule du nourrisson, les lettres bleues formant ce nom : Pâris.

Elle pensa à sa propre mère, qui l'avait appelée France par amour pour ce pays.

Pour France, ce prénom avait une signification bien plus grande. Il représentait tout ce qu'elle espérait offrir à cet enfant — un hommage à ses racines, une promesse de beauté et de grandeur. C'était son seul cadeau, son dernier acte de mère.

Et si leurs chemins s'étaient croisés, aujourd'hui ou dans dix ans, cela n'aurait rien changé. Ce lien, forgé par ce prénom, aurait suffi à les reconnecter. Parce que Pâris appartenait à France, d'une manière que personne ne pouvait comprendre ni briser.

Elle croisa le regard d'Adriel, qui l'observait avec intensité.

— Tu vas bien, France ? demanda Adriel, inquiet.

— Waouh, c'est trop drôle, tu t'appelles France ? C'est rigolo, moi, je m'appelle Pâris.

Elle rit innocemment, mais, dans son regard, une curiosité brillait.

— C'est comme... comme si on était liées, non ? Parce que Pâris, c'est dans France, et toi, tu es France.

France sentit un frisson lui parcourir la peau. La simplicité avec laquelle la petite avait exprimé cette idée faisait vibrer quelque chose en elle.

Adriel posa une main sur l'épaule de Pâris et, d'un ton chargé d'affection :

— Pâris, j'ai quelque chose d'important à discuter avec cette amie. Nous devons rentrer à la maison. On ira au cinéma plus tard, promis.

Pâris haussa les épaules, mais hocha la tête :

— Promis, hein ? Pas comme la dernière fois.

Adriel lui caressa la joue.

— Promis.

Il attrapa le poignet de France.

— Suis-moi.

***

Dans la voiture, le silence régnait. Impossible de chasser de son esprit le train qu'elle venait de rater. Sa respiration se fit plus courte à la vue de la maison, témoin de ses clichés. Adriel sortit du véhicule et s'avança vers la porte d'entrée. Pâris courut jusqu'à sa mère, qui apparut sur le seuil. France suivait leur échange du coin de l'œil.

Et s'il lui parlait de moi ? S'il disait que j'étais là, dans la voiture ? Elle essaya de capter leurs expressions à travers la vitre embuée, mais tout paraissait flou. Adriel revint après quelques minutes, les mains dans les poches, l'air pensif. En ouvrant la portière, il s'arrêta un instant.

— On y va ? dit-il simplement.

Ils reprirent la route, mais France ne tenait plus.

— Qu'est-ce que tu lui as dit ? lâcha-t-elle enfin.

— Rien, France. Pourquoi j'aurais dit quoi que ce soit ? répliqua Adriel, le ton agacé.

Elle croisa les bras, nerveuse.

— Tu aurais pu... parler de ma présence, ou de...

Adriel freina brusquement à un stop, se tourna vers elle et planta ses yeux dans les siens.

— Qu'est-ce que tu caches ? Pourquoi tu as si peur ?

— Je t'expliquerai une fois à la maison.

Adriel soupira et reprit la route.

Une fois chez lui, il balança son blouson sur le canapé.

— Je t'écoute.

France demanda à Adriel si elle pouvait se servir un verre d'eau, plus pour se donner une contenance que par réelle soif. Ne sachant pas par où commencer, elle lâcha simplement :

— Je suis la mère biologique de Pâris.

Adriel resta sans réaction. Il encaissait l'information ou cherchait à comprendre.

— Comment ça, ta fille biologique ? Comment tu peux en être sûre ?

— Adriel, je ne serais pas venue ici si je n'étais pas certaine. J'ai effectué mes recherches, et tout concorde. Et puis... elle porte le prénom que je lui ai donné à la naissance. Pâris.

Elle se surprit à trembler en prononçant ce prénom. Adriel l'observait. France s'installa sur le canapé, et il se mit en face d'elle.

— À 18 ans, je suis arrivée à Paris, pleine de rêves et d'ambitions. Je voulais devenir juriste. Mon projet, c'était de faire mes études en France et ensuite de m'installer au Bénin. Je résidais chez mon oncle et ma tante. Tout se passait bien. Nous allions tous les dimanches à l'église. Et c'est là que j'ai rencontré cet homme. Je vais l'appeler, cet homme, parce que je ne veux pas lui donner de nom.

Elle fit une pause, cherchant ses mots avant de reprendre

— Il a commencé à me parler. Il venait aussi du Bénin et terminait ses études de comptabilité. Nous avons commencé à nous voir en dehors de l'église. Je lui faisais confiance, sans doute parce que le cadre de notre rencontre me rassurait. Il était doux, respectueux... enfin, c'est ce que je croyais. Nous nous sommes fréquentés trois ou quatre mois avant qu'il me demande officiellement d'être sa petite amie. J'ai accepté, même si, au fond de moi, je savais que ce n'était pas ce que mes parents auraient voulu. Ce n'était pas leur façon de penser. Mais ils étaient loin, et j'ai estimé que j'étais assez grande pour prendre seule mes décisions.

Elle s'arrêta pour prendre une gorgée d'eau. Adriel attendait la suite. Elle frotta nerveusement ses mains avant de continuer :

— À partir du moment où j'ai accepté, tout est allé très vite. Trop vite. Et moi, je ne savais pas comment dire non. Ça paraît banal, n'est-ce pas ? Dire non quand on ne veut pas. Mais je n'ai pas su. Ce jour-là, il fêtait l'obtention de son diplôme. Il avait un peu trop bu. Il a insisté pour qu'on aille chez lui. Je savais que je devais rentrer, que ça ne me mènerait à rien de bon, mais je l'ai suivi, en priant qu'il s'endorme.

Elle baissa la tête, honteuse, avant de le regarder à nouveau.

— C'est stupide, n'est-ce pas ? Totalement naïf.

Adriel s'avança et lui prit la main. Elle inspira profondément.

— Je n'avais qu'à dire non. C'était pourtant simple, n'est-ce pas ? Arrivé chez lui, il a commencé à me caresser, à me déshabiller. Je ne bougeais pas, comme paralysée. Je voulais qu'il comprenne à travers mon langage corporel. Un corps, ça parle, non ? Ça dit quand il ne veut pas. Je gardais mes lèvres closes, je repoussais fermement ses mains, mes jambes restaient serrées. Mais ça n'a pas suffi. Il continuait de me brusquer. Il m'a lâché une phrase que je n'oublierai jamais. *Ce n'est jamais évident la première fois. Tu sais que je t'aime.*

Elle hocha la tête, comme si elle revivait chaque instant.

— J'étais totalement déstabilisée. Dans mon for intérieur, je savais qu'il mentait. La seule réaction que j'ai eue, c'était de me laisser faire. Pourtant, je ne voulais qu'une chose : fuir loin de lui.

Un silence pesant s'installa. Elle inspira profondément avant de reprendre.

— Peu de temps après cette nuit, il m'a quittée. Il m'a dit qu'il ne voulait pas d'une femme timide au lit.

Elle sourit amèrement avant de poursuivre :

— Plusieurs semaines plus tard, j'ai découvert que j'étais enceinte. C'était trop tard, je ne pouvais plus faire marche arrière. J'ai sombré dans une dépression. Je me trouvais trop jeune. J'ai quitté l'appartement de mon oncle et ma tante. Je ne pouvais pas leur dire, j'avais trop honte. J'ai trouvé refuge dans un foyer, grâce à une assistante sociale. J'ai lâché mes études.

— Après la naissance, le bébé avait été placé en pouponnière quinze jours après sa venue au monde. L'assistante sociale m'avait qualifiée d'indécise. Ce mot, ce jugement... Elle ne pouvait pas comprendre. Comment aurait-elle pu deviner ce feu indomptable qui dévorait chaque cellule de mon corps, cette chaleur oppressante qui crépitait dans mes neurones, me privant de toutes mes forces mentales et émotionnelles ?

Elle ne voyait pas la désolation absolue dans laquelle j'étais plongée, cet état où toute décision devenait impossible. Où la seule chose qui restait, c'était cette impuissance paralysante.

Comment décider, face à ce feu qui consumait tout ? Comment savoir ce qui était juste pour moi et pour ce bébé ?

D'un geste brusque, elle plaqua sa main sur sa bouche.

— J'étais en miettes lorsque le bébé a été confié à l'adoption. Je ne sais même pas à quel moment j'ai trouvé la force de signer les documents. Après cela, j'étais une ruine, un corps en décomposition totale, enchaînant dépression sur dépression. J'ai même été internée plusieurs mois. Et pourtant, contre toute attente, j'ai survécu. Pas d'un seul coup, non. Mais jour après jour, j'ai réappris à respirer. À vivre. Ce n'était pas facile, mais des mains tendues ont fini par m'aider à me relever. La photographie m'a sauvée, m'a offert une fenêtre vers un monde où je pouvais exister autrement.

Adriel soupira.

— Et maintenant ? Tu es venue ici pour quoi ? Pour la reprendre ?

— Non...pas du tout. Je suis arrivée à un moment de ma vie où j'avais besoin de me purifier, comme la cendre qui se mêle à la terre. Elle renait, elle se transforme, elle se nourrit. Je devais trouver un moyen d'honorer ma vie sur cette terre, malgré mon acte impardonnable.

Elle s'arrêta, la voix effilée, fragile comme une calebasse desséchée : *Ona...Ona.*

Elle se redressa et essuya ses larmes.

— Je me suis dit que si elle était heureuse, je pourrais sans doute me pardonner.

Un silence s'installa, lourd et chargé d'émotions. Adriel fut à la fois touché et troublé.

— France... si tu savais.

Elle resta bouche bée, alarmée par le ton grave de la voix d'Adriel.

— Pâris... c'est ma filleule. Sa mère adoptive est ma meilleure amie. Elle fait partie de ma vie, depuis toujours.

France enfouie sa tête dans ses mains et se mit à pleurer. Adriel s'approcha, contre toute attente, et la prit dans ses bras. Jamais France n'avait imaginé une telle réaction. Dans son esprit, mille scénarios s'étaient succédé : celui où il la rejetait, lui demandait de partir, où son regard se chargeait de déception et de mépris. Mais rien de tout cela se produisit.

Au lieu de ça, il la serra contre lui. Elle sentit sa chaleur, son souffle apaisant près de son oreille. Ses mains glissèrent le long de son dos, et lui procurèrent une sensation de sécurité.

Les larmes jaillirent sans retenue, comme si elles avaient attendu ce moment depuis des années. Elle pleurait pour ses pertes, ses secrets, sa honte, sa culpabilité, mais aussi pour ce moment précis. Ce moment où, enfin, quelqu'un l'acceptait avec ses failles, ses erreurs.

Adriel ne disait rien, mais son étreinte en disait bien plus que n'importe quel mot. Ses doigts effleuraient ses locs, ses gestes portaient une infinie tendresse.

— Je suis là.

Dans cet éclat suspendu, des désirs émergeaient : et si elle restait avec Adriel, faire partie de sa vie, partager des moments simples, de disputes, de réconciliations. Et pour la première fois depuis longtemps, un chemin, une possibilité s'esquissait.

***

Le lendemain, soulagée, elle s'était rendue chez Marcel, déterminée à s'expliquer et à s'excuser pour son comportement. Marcel l'avait accueillie chaleureusement, visiblement soulagé de la revoir. Il n'avait posé aucune question. Juste un regard, franc, et cette phrase posée comme une évidence : *Tu sais bien que t'as ta place ici.* Après quelques explications succinctes, il lui avait simplement répondu qu'elle n'avait pas besoin de se justifier, que la maison resterait ouverte, quoi qu'il arrive.

Elle s'installa à nouveau dans cette maison qui, contre toute attente, lui avait manqué. Très vite, elle retrouva ses marques. Elle se rappelait le bruit de la vieille porte qui grince, la douceur des draps que Marcel avait pris soin de changer, le rythme lent des journées ponctuées par les gestes simples de son hôte — la télévision en boucle. Elle aimait ce lieu. La manière dont le bocage semblait s'étirer juste derrière les fenêtres, les arbres bas qui dansaient au moindre vent, la lumière pâle du matin sur les murs. Rien de spectaculaire, mais tout avait un goût de vrai.

***

Elle s'autorisait à croire. À espérer, même. Que cette fois, la chance lui souriait.

Qu'un jour, malgré l'erreur — celle qu'elle n'avait jamais su se pardonner —, elle parviendrait à se relever.

Parce qu'elle ne s'était jamais redressée, pas vraiment. Cette décision-là, celle qu'elle avait prise sans voir plus loin que l'instant, l'avait précipitée au plus bas.

Et si elle avait su, si elle avait pu deviner où tout cela la mènerait — cette vie fermée, figée, dans le silence, dans le noir, seule —, alors peut-être qu'elle aurait fait autrement.

Mais on ne revient pas en arrière. Les choses étaient faites. Et c'était précisément pour cela qu'elle était ici. Pour essayer de reconstruire ce qui pouvait encore l'être.

Elle avançait, lentement, pierre après pierre. Et cette fois, elle n'était plus seule. Autour d'elle, il y avait des mains. Une main. Une présence rare. Exceptionnelle.

Quelqu'un qu'elle savait — avec clarté — qu'il compterait toujours.

Maintenant, elle était là. Tout près de Pâris. Et elle lui donnerait tout. Tout ce qu'elle pouvait. Elle créerait, tisserait, bâtirait. Un lien. Un lien fort, ancré, indélébile.

Un lien qui survivrait au temps, aux silences, aux absences.

Un lien d'or.

3

Mon étoile fragile

« Parfois, il faut savoir porter son histoire pour ne pas être écrasée par elle. » Chimamanda Ngozi Adichie

Adriel avait décidé de s'investir davantage dans son rôle de parrain. Désormais, ils allaient souvent chercher Pâris à la sortie de l'école. Cette fois, France se montrait à visage découvert. C'était étrange, improbable même, de se tenir là, près d'Adriel, à regarder cette petite fille sortir de l'école en courant. Elle l'embrassait parfois en la saluant, comme si elle était une amie de la famille, et, chaque fois, elle nageait dans une vague de douceur.

Elle avait demandé à Adriel de ne rien dire à Paul et Tamara, les parents adoptifs de Pâris. Elle ne voulait pas compliquer les choses. Leur réaction à la découverte de son identité était imprévisible. Adriel, lui, ne comprenait pas totalement sa réticence. Il voyait cela comme une simple coïncidence, un hasard de la vie, mais, pour elle, c'était bien plus complexe.

— Tu compliques les choses inutilement, lui avait-il dit un jour. Ils sont des gens bien, tu sais. Peut-être qu'ils accepteraient la vérité, qui sait ?

***

Ces sorties avec Adriel et Pâris devinrent des pépites rares qu'elle gardait au creux de son cœur. Elle s'attachait à l'enfant avec une force imprévisible. Chaque sourire, chaque mot, chaque éclat de rire creusait un peu plus profondément cette attache. Pourtant, cette proximité la terrifiait tout autant qu'elle la réconfortait.

Les pensées tournaient souvent vers l'avenir, un tourbillon de questions hantait son esprit : Comment rester ici sans tout révéler ? Comment partir sans souffrir ? Et si l'attachement à la petite devenait trop fort ? Elle ne voulait pas y penser.

***

Elle observait Pâris, faussement effrayée, crier à pleins poumons, portée par l'amusement. « Maman. » Ce mot, prononcé d'une voix fragile, la désorienta, tout comme ce manège qui lui faisait tourner la tête. Puis, dans un élan, Pâris se retourna vers elle, confuse.

— Excuse... c'est sorti tout seul.

Elle n'avait qu'une envie : lui répondre, *je suis là, mon étoile*, mais elle s'entendit lui dire :

— Ce n'est rien, Pâris. Accroche-toi à moi, ça va aller.

Ce simple mot résonnait encore dans les fibres de son corps. Un mot qu'elle n'avait jamais attendu, qu'elle n'entendrait sans doute plus jamais. Ce mot, unique, qu'aucun autre enfant ne prononcerait pour elle, la comblait dans un moment totalement insolite. L'euphorie l'emporta, et elle se mit, comme Pâris, à hurler à gorge déployée, mais cette fois de bonheur.

En sortant du manège, Pâris, excitée, sautait sur place.

— Encore un tour ? S'il te plaît ?

— Un dernier, dit Adriel, fatigué.

Ils passèrent presque tout l'après-midi à la fête foraine, enchaînant les manèges. Exténuées, elles proposèrent de reprendre leur souffle dans une brasserie.

***

Une fois installés, Adriel commanda un chocolat chaud pour Pâris ainsi que des chichis pour tout le monde. France, elle, se laissa tenter par un vin chaud, et Adriel également. Autour de la table, France, absorbée par la scène, observait Adriel et Pâris. Pendant un bref instant, elle rêva que cette petite famille était la sienne : une fille aussi adorable que Pâris et un compagnon comme Adriel, si attentif, si simple, si vrai.

Pâris, de son côté, ne cessait de parler. Elle enchaînait les anecdotes, passant d'un sujet à un autre avec l'énergie débordante des enfants. Puis, soudain, elle demanda :

— Alors, vous êtes amoureux tous les deux ?

Adriel et France échangèrent un regard surpris. Adriel répondit le premier.

— Oui, totalement. Un sourire sincère illuminait son visage.

— Et toi, France ? Tu es amoureuse ?

Un silence bref s'installa. France finit par répondre, sa voix légère masquait une certaine émotion.

— Oui... et c'est la première fois.

Pâris, les yeux brillants, déclara avec sérieux :

— Tu ne devrais pas avoir peur. Adriel est l'homme le plus gentil du monde. Je suis sûre que vous allez avoir des enfants. Comme ça, je pourrai avoir un petit frère ou une petite sœur.

Adriel éclata de rire :

— Minute, jeune fille, tu vas trop vite. Déjà, il faudrait que France accepte de venir passer Noël avec ma famille.

France arqua un sourcil, amusée.

— Adriel, tu exagères. Pourquoi avoir cette discussion devant Pâris ?

Adriel haussa les épaules, un sourire en coin, sans répondre.

De retour dans leur cocon, France avait préparé un poulet accompagné de frites maison, qu'ils dégustèrent tous les trois avec appétit. Plus tard, Pâris s'endormit sur le canapé, épuisée par cette journée riche en émotions.

***

Le lendemain matin, en la voyant au petit-déjeuner avec ses cheveux ébouriffés et secs, France ressentit une envie irrésistible de les coiffer. Elle lui proposa de s'en occuper après sa toilette, et Pâris, enthousiaste, accepta avec un large sourire.

Elle se rendit vite compte qu'elle n'avait pas l'outil adapté, mais Adriel, toujours débrouillard, lui fabriqua rapidement un ustensile pour tracer les raies. Avec la brosse de Pâris, elle parvint à démêler ses cheveux sans difficulté. N'ayant pas de shampooing spécifique, elle improvisa avec des ingrédients de la cuisine, mélangeant œufs et huile d'olive.

Pâris fit une grimace, partagée entre doute et amusement lorsqu'elle vit le mélange dans le bol.

— Sérieux ? Ça marche vraiment ?

— Bien sûr. Les produits du commerce sont souvent composés de ces ingrédients.

Alors qu'elle appliquait le mélange, Pâris lui posa des questions sur ses locs. Incertaine, elle demanda :

— Tu vas me faire des tresses comme toi ?

Elle sourit et caressa une de ses locs.

— Moi, je n'ai pas des tresses. Ce sont des locs.

— C'est quoi, des locs ?

— C'est une façon de coiffer ses cheveux. Mes cheveux sont noués en petits nœuds et poussent comme ça. Mais avant, j'avais les cheveux comme toi.

— Ah ! fit Pâris.

Installées dans le salon, elles écoutaient attentivement chaque conseil, impatientes d'en apprendre davantage. Avec de l'aloe vera fourni par Adriel, elle montra à la petite comment hydrater ses cheveux pour les rendre doux et brillants.

France se pencha près du visage de Pâris et lança, enthousiaste.

— Touche tes cheveux.

— Ils sont tellement doux et brillants ! D'habitude, ils restent rêches, même après le shampoing.

— Les produits que tu utilises ne sont peut-être pas adaptés à tes cheveux, répondit-elle.

— Tu pourras tout me noter ?

— Promis.

Après plusieurs essais, elles optèrent pour des vanilles, une coiffure souple et facile à entretenir. En se regardant dans le miroir, Pâris ne put contenir son émerveillement.

— Waouh... C'est moi, ça ? Maman va adorer. C'est comme si j'avais les cheveux lisses. Elle trouve ça plus joli.

Un pincement au cœur la saisit.

— Avant, elle me défrisait les cheveux. C'était plus simple, dit-elle. Mais tonton Adriel s'était fâché plusieurs fois en lui demandant d'arrêter parce qu'elle ne respectait pas mes cheveux.

Ces mots confirmèrent à quel point Adriel était un homme exceptionnel, attentif au bien-être de Pâris et à l'importance de préserver son identité.

***

Pâris jouait le jeu à la perfection, exhibait ses plus beaux sourires : une moue par-ci, une pose par-là, les mains sur les hanches, les jambes croisées. France, de son côté, s'amusait à se prendre pour le photographe du siècle, pas n'importe lequel : Celui qui avait la chance de capturer sa propre fille. Les minutes s'effaçaient sous l'objectif, tandis qu'Adriel attendait patiemment la fin de cette séance photo pour raccompagner Pâris chez ses parents.

Au bout d'une heure, Adriel interrompit enfin la séance qui s'éternisait. Pâris enfila son manteau et attrapa son sac à dos, tandis que France reprenait son rôle de mère protectrice, ajustant l'écharpe et le bonnet de sa fille. L'envie de la serrer dans ses bras la traversa, comme si c'était le dernier souffle d'amour qu'il lui restait. Mais ce geste restait interdit : une telle étreinte ne pouvait venir que de Pâris, seul témoignage d'un amour, même inconscient.

Adriel ouvrit la porte. Le froid s'engouffra et sembla s'insinuer jusqu'au plus profond de son être. Ce froid avait cette étrange capacité à atteindre le cœur des cellules, un feu glacé capable à la fois de consumer et de raviver.

France les suivit du regard jusqu'à ce que la voiture disparaisse. Lorsqu'elle referma la porte, un sourire flottait encore sur ses lèvres. Elle s'occupa ensuite de ranger les restes du petit-déjeuner. En remettant la bouteille de jus de fruits au réfrigérateur, son regard glissa sur cet univers désormais entièrement teinté de bleu : l'élastique, la brosse et les chaussons oubliés par Pâris, tous imprégnés de cette couleur.

La vaisselle terminée, le doux murmure de l'eau l'emporta, laissant ses pensées dériver vers le passé : et si, ce 7 avril, Pâris était restée blottie contre elle, au chaud, nourrie et aimée ?

Pâris était une petite fille dynamique, curieuse, pleine de vie. Si adorable qu'elle aurait peut-être réussi à transformer les faiblesses de sa mère en force. Pourtant, à l'époque, France ne voyait aucun avenir possible. Elle n'avait ni la santé mentale ni physique pour offrir à un enfant une vie décente. Peut-être que Pâris n'aurait pas été heureuse. Peut-être qu'elle n'aurait pas grandi entourée d'amour, comme elle l'avait fait dans sa famille adoptive.

Pâris avait été chanceuse, c'était indéniable. Épanouie dans un foyer aimant, auprès de personnes bienveillantes. Mais à quoi bon ressasser le passé ? Les décisions avaient été prises contre son gré. À l'époque, une force plus grande l'avait poussée à ce choix.

Pâris pourrait-elle pardonner un jour ? Aujourd'hui, tout rayonnait d'une simplicité lumineuse. La vérité pouvait éclater. La douleur, peut-être, finirait par s'effacer. Tout de même, pardonner restait un chemin sineux.

***

Ce matin, Adriel était concentré sur la peinture de sa commode. C'est alors qu'elle eut une idée. Elle prit son appareil photo, décidée à immortaliser cet instant. C'était la première fois qu'elle photographiait Adriel. Jusque-là, toutes ses photos avaient été dirigées vers Pâris, cette petite boule d'énergie, ou vers le paysage environnant. Aujourd'hui, elle avait envie d'autre chose.

Elle s'approcha et cadra son visage. Il leva les yeux, surpris.

— Qu'est-ce que tu fais ?

— Je prends des photos. Continue, fais comme si je n'étais pas là.

Tiraillé, il était visiblement mal à l'aise.

— Tu sais que je déteste ça.

— Mais tu es parfait comme ça, Adriel. Concentre-toi sur ton travail, ne fais pas attention à moi.

Il soupira, mais se remit à peindre. De temps en temps, il lui jetait un regard curieux.

— Tu vas vraiment me mettre mal à l'aise.

— Amouré, s'il te plaît. Tu es parfait. On a une jolie lumière en plus.

Elle continua à prendre des clichés, et se concentra sur les détails. Adriel, toujours un peu gêné, tenta de changer de sujet.

— Tu t'entends bien avec Pâris, hein ?

Elle baissa son appareil un instant, surprise par sa question.

— Oui, c'est vrai. Elle est adorable, intelligente, et pleine de vie.

— C'est ce que je me disais, répondit-il en posant son pinceau. Mais tu sais, Paul commence à se poser des questions.

Son cœur s'accéléra.

— Des questions ? Quelles questions ?

— Pâris parle beaucoup de toi, et il a remarqué que je passe beaucoup de temps avec elle. Il trouve ça bien que je prenne mon rôle de parrain à cœur, mais il s'interroge.

Elle se tendit.

— Et qu'est-ce que tu lui as dit ?

— Rien, bien sûr. Mais ils sont curieux. Ils aimeraient te rencontrer.

— Non, hors de question.

— Pourquoi pas ? Tu sais bien que ton but ici n'est pas de reprendre Pâris.

— Bien sûr que non, s'empressa-t-elle de répondre. Elle est bien ici, avec eux. Je n'ai aucune intention de bousculer sa vie.

— Alors, pourquoi refuses-tu de les rencontrer ?

Elle se leva, tourna le dos à Adriel.

— Parce que c'est trop risqué. Si Tamara et Paul apprennent qui je suis, ils ne voudront plus jamais que Pâris me voie. Ils me considéreront comme une menace.

— Ce n'est pas vrai, France. Tamara est une femme ouverte et compréhensive. Je suis sûr qu'elle comprendrait ta démarche.

— Non, tu ne peux pas savoir comment ils réagiraient, répliqua-t-elle vivement. Et je ne veux pas le découvrir.

Adriel se tut un moment, puis reprit d'un ton calme :

— Un jour, Pâris voudra savoir d'où elle vient. Elle sait qu'elle a été adoptée, France. Ce n'est pas un secret.

— Peut-être, mais ce jour-là n'est pas arrivé. Pour l'instant, le mieux, c'est qu'ils ne sachent rien. Je ne veux pas risquer de perdre ce lien, aussi fragile soit-il.

Il hocha la tête, résigné.

— Très bien, on fera comme tu veux.

Il se remit à peindre, mais elle savait que le sujet restait dans un coin de son esprit. Quant à elle, elle n'arrivait pas à se débarrasser de cette tension aiguë. Chaque instant passé avec Pâris renforçait leur lien, mais la rendait plus vulnérable. Et si Adriel avait raison ? Si elle devait affronter la vérité un jour ou l'autre ?

Pour l'instant, elle n'était pas prête. Pas encore.

***

Bercée par le vent discret de la nature, France pensait souvent à sa famille, à son père et à sa mère, restés au Bénin. Elle n'avait pas repris contact avec eux depuis son arrivée ici. Que leur dire ? Et si jamais ils la questionnaient ? Si cela la forçait à mentir encore ? Elle ne voulait pas de ça. Alors, elle restait dans le silence. Peut-être qu'à Paris, son téléphone avait sonné dans le vide des dizaines de fois, ses parents tentant d'avoir de ses nouvelles.

Elle leur avait pourtant écrit une lettre, sans savoir s'ils l'avaient reçue. Elle leur avait expliqué qu'elle partait plusieurs semaines, en vacances avec une amie. Encore un mensonge. Un de plus. Elle enchaînait les mensonges, comme si elle y était abonnée. Personne ne savait pour Pâris. Et c'était mieux ainsi. Un mensonge ne peut être découvert à condition que quelqu'un d'autre le sache.

Mais aujourd'hui, Adriel savait. Et il était le seul à vraiment compter. Bientôt, elle passerait les fêtes chez lui, une invitation qui ne laissait aucun doute : il tenait à elle. Cette pensée éveillait en elle autant de joie que d'appréhension. Et si sa famille ne l'appréciait pas ? Elle avait déjà décidé qu'elle devait se préparer. Peut-être devait-elle se battre pour lui.

Pour s'aérer l'esprit, elle s'était rendue en ville, à la fois pour réfléchir à ses choix et pour profiter de l'air frais et commencer à acheter des cadeaux de Noël. Pour Pâris, elle voulait lui offrir quelque chose de simple, mais qui laisserait des traces. Peut-être accompagner la boîte à bijoux qu'Adriel avait fabriquée avec un bracelet ou un collier. Oui, c'était une bonne idée.

Pour Adriel, en revanche, elle doutait. Une plante... Une chemise... Mais si elle l'achetait maintenant, elle devrait lui donner tout de suite. Le cadeau d'Adriel devait être symbolique et témoigner de son amour. Oui, un bracelet en argent, gravé de leurs initiales et du mot *Amouré*, serait parfait.

Pour Marcel, c'était facile. Un pull. Mais pour la famille d'Adriel, elle n'était pas sûre. Elle pensait à du chocolat, des bougies ou un parfum. Classique, mais efficace.

Elle arpentait les rues. Le sol était humide, et l'air portait cette odeur particulière qui suivait la pluie. Le froid, supportable, presque agréable, apaisait ses pensées et favorisait sa concentration. Après avoir parcouru de nombreuses boutiques, alternant entre la chaleur des magasins où elle retirait son écharpe et le froid de la rue où elle remettait ses gants, elle fit une pause dans une brasserie pour se réchauffer autour d'une tasse fumante.

Ce n'était pas tant pour la boisson qu'elle s'était installée là, mais pour le plaisir d'observer les passants. Elle avait choisi un chocolat onctueux, si épais qu'il ressemblait plus à un dessert. La mousse et les amandes effilées qui le décoraient l'avaient séduite.

Assise là, elle pensait à Adriel. À l'avenir. Lui présenterait-elle sa famille un jour ? Et lui, pourrait-il un jour l'accompagner au Bénin ? Rencontrer ses parents, sa famille ? Elle n'en était pas sûre. Quelque chose lui soufflait que ce n'était pas encore le moment. Pas encore.

Lorsque la nuit tomba, elle rentra. De retour chez Adriel, l'atmosphère familière l'enveloppa aussitôt. Elle déballa ses achats, emballa soigneusement les cadeaux. Adriel n'était pas encore rentré, alors elle en profita pour réfléchir à la meilleure place pour les plantes. Elle testa différents emplacements, et chercha le meilleur équilibre entre la lumière naturelle et l'harmonie du décor.

***

Dans le salon d'Adriel, l'odeur boisée du sapin fraîchement coupé emplissait l'air. Pâris se tenait debout sur un petit escabeau, les bras tendus pour accrocher une étoile au sommet de l'arbre.

— Fais attention, Pâris, tu vas tomber, prévint France en se levant rapidement, les bras prêts à la rattraper.

— Non, ça va, je gère. Regarde, c'est bon, j'ai réussi !

Elle descendit de la chaise et s'assit par terre, près des cartons de décorations. Elle attrapa une boule dorée qu'elle fit rouler entre ses doigts. Son regard s'assombrit un instant, puis elle se tourna vers France.

— Toi, tu as toujours su d'où tu venais, non ? balbutia-t-elle.

La question prit France de court. Elle s'assit à côté de Pâris, cherchant à capter son regard, mais la petite baissait les yeux sur la boule entre ses mains.

— Oui... Pourquoi tu me demandes ça ?

Pâris haussa les épaules, comme si elle cherchait ses mots.

— C'est compliqué... Des fois, je me pose des questions...

France ne répondit pas. Elle attendit que la petite poursuive. Après un moment, Pâris releva la tête, et, dans ses yeux brillait une tristesse qu'elle s'efforçait de dissimuler.

— Tu sais, ici, dans le village... je suis la seule qui a la peau marron. Tous mes amis, ils sont différents. Et parfois, je vois les gens... Ils regardent maman, puis ils me regardent, et je sais qu'ils se demandent pourquoi on ne se ressemble pas.

France sentit un pincement au cœur.

— Ils disent quelque chose ?

Pâris secoua la tête.

— Pas toujours... Mais leurs regards, ça suffit. Et puis, à l'école, quand j'étais plus petite, ils me demandaient tout le temps : *Pourquoi ta maman est blanche ?* ou *T'es sûre que c'est ta vraie maman ?*

Elle eut un petit rire, mais sans joie.

— Je disais oui, parce que c'est vrai. Mais...

Elle se tut, cherchant ses mots, puis reprit d'une voix presque murmurée :

— Mais des fois, je me demande.

France sentit son estomac se nouer.

— Tu te demandes quoi, Pâris ?

— Ben... Je me demande si je suis normale, tu vois. Parce que c'est pas comme les autres. Moi, j'ai deux mamans. Enfin... j'en avais une avant, mais je la connais pas. Et...

Ses doigts serraient la boule dorée un peu plus fort, et sa voix se brisa légèrement.

— Parfois... je me demande si je vais finir par leur ressembler. À maman. À papa.

France sentit son cœur se serrer. Elle ne savait pas quoi répondre, alors elle resta silencieuse.

— Je les aime tellement, tu sais. Vraiment. Mais...

Elle releva les yeux, cherchant une réponse dans le regard de France.

— C'est comme si... je n'appartenais à aucun endroit.

France, submergée, posa une main sur l'épaule de Pâris.

— Tu appartiens à la terre. Et tu es parfaite telle que tu es.

Pâris resta silencieuse un moment, se lova contre France puis confia :

— Merci. J'aime bien quand tu es là. Avec toi, je peux dire des choses que je dis à personne.

France sentit son cœur se gonfler, elle ne put retenir ses larmes. D'une voix étouffée, elle ajouta :

— Moi aussi, Pâris. Moi aussi.

France ferma les yeux et se mit à fredonner : *Ona, merci pour la vie, Ona, merci pour la lumière.*

Quelques minutes plus tard, elles reprirent leur activité, décorant le sapin, mais une intimité nouvelle s'était installée entre elles.

— Eh bien, c'est magnifique, les filles. Vous avez fait du bon travail, j'adore cette décoration, déclara Adriel en entrant dans la pièce.

— C'est vrai ?

— Bien sûr, dit-il en souriant largement.

Puis, d'un ton plus sérieux :

— Il y a ton papa qui arrive, Pâris. Il faut que tu ailles chercher ton sac et que tu prennes toutes tes affaires.

Pâris s'arrêta net, son sourire s'effaça. Elle hocha la tête et traîna des pieds jusqu'à sa chambre. France, qui arrangeait encore une guirlande, tourna la tête vers Adriel. Il la regardait, un brin coupable.

Ses yeux lançaient des éclairs, ses doigts crispés contre ses hanches. Sa voix s'éleva, basse, mais chargée de colère :

— Qu'est-ce que tu fais, Adriel ? Pourquoi tu ne m'as pas prévenue ?

— Ce n'est pas ma faute, répondit-il en baissant le ton. Il est là, je n'allais pas lui dire qu'il fallait attendre que tu partes. Ce serait ridicule. Et en plus, c'est Paul, pas Tamara. Il ne va pas se poser de questions.

— Pas se poser de questions ? Il va bien se demander qui je suis, non ?

Adriel soupira.

— C'est mon ami. Je ne vais pas continuer à te cacher éternellement. Si on reste ensemble, il faudra bien qu'il sache. Ce n'est pas possible de vivre cachés comme ça.

France ne répondit rien, piquée par la situation, mais consciente qu'il avait raison.

— Ça y est, j'ai mon sac ! annonça Pâris en revenant dans la pièce.

À ce moment-là, on entendit frapper à la porte. Adriel se leva pour aller ouvrir. France croisa les bras, alors que Paul entra dans la pièce avec son sourire chaleureux.

— Waouh ! Je suis ravi ! Enfin, je rencontre la femme de cœur d'Adriel ! s'exclama Paul en tendant la main à France.

France serra sa main, déstabilisée, mais Paul démontrait une décontraction totale.

— C'est un éternel célibataire, ce Adriel, alors on est tous très contents pour lui, vraiment, ajouta-t-il avec un clin d'œil.

Adriel, pour dissiper la tension qu'il percevait chez France, intervint rapidement :

— Tu veux boire quelque chose, Paul ? Une bière, un verre de vin ?

— Pourquoi pas un verre de vin, répondit Paul en souriant.

Pâris tira sur la manche de son père.

— Papa, regarde la décoration ! C'est moi qui ai tout fait ! C'est beau, hein !

Paul tourna les yeux vers le sapin et hocha la tête, impressionné.

— Ah oui, effectivement. Très joli travail, ma grande. Et je suis surpris qu'Adriel t'ait laissée décorer avec toutes ces guirlandes. C'est que l'amour te change, hein, Adriel ? lança-t-il, amusé.

Adriel roula les yeux, amusé, tandis que France se détendait.

Adriel sortit quelques apéritifs : des olives, du fromage, et un morceau de saucisson, puis ils s'installèrent autour de la table basse. Paul parlait avec aisance, évoquant des anecdotes sur leur enfance commune avec Adriel. France l'écoutait distraitement, tentant de comprendre si cet homme, si affable, pourrait vraiment être une clé vers une vérité plus large.

Au fil des échanges, elle se surprit à se sentir un peu plus détendue. Peut-être que tout ne serait pas aussi compliqué qu'elle l'imaginait.

***

La porte s'était refermée sur Paul, et un silence apaisant était retombé sur la maison. France s'était assise sur le canapé, encore troublée par les événements de la soirée. Paul, avec son sourire accueillant et son ton chaleureux, l'avait complètement déstabilisée. Elle n'avait pas imaginé qu'il puisse être aussi ouvert, aussi accessible. Ses paroles résonnaient encore dans sa tête, *Ma femme et moi sommes très contents pour lui.*

Était-ce vraiment possible qu'il accepte tout, sans jugement ? Qu'il puisse comprendre, lui qui était l'un des parents adoptifs de Pâris, qu'elle était plus qu'une simple amie d'Adriel ?

***

Elle était tranquillement occupée à peindre en bleu la boîte à bijoux qu'Adriel avait fabriquée pour Pâris. Lorsqu'elle entendit la porte s'ouvrir, ses gestes devinrent mécaniques. Aussitôt, elle releva la tête et se dirigea vers le salon.

Elle vit alors Tamara, pour la première fois dans son salon — désarmante. Désarmée par cette femme dont la simple présence l'écrasait par son charisme et sa froideur. Pourtant, dans ses yeux, une douceur transparaissait, celle qui devait rassurer Pâris dans les nuits sombres après un cauchemar. Tamara s'avança, impassible, jusqu'à se poster à quelques centimètres d'elle, si près que France percevait le mélange de son parfum sucré et de l'odeur naturelle de sa peau. Puis, sans détour, elle prononça :

— Je sais que tu es seule. Adriel est avec Paul. Alors j'en profite pour venir te voir. J'avais des choses à te dire.

Comme au théâtre, elle occupait tout l'espace. Lentement, elle retira ses gants et son manteau, les rangea soigneusement sur le bord du canapé. Chaque geste semblait chorégraphié, répété, faisant partie intégrante de son discours.

— Tu sais, Adriel, c'est mon meilleur ami. On se connaît depuis qu'on est enfants. Et je crois que je le connais mieux que toi, malgré tout. Je connais ses failles, ses réussites, ses rêves.

Elle marqua une pause, la regarda intensément.

— Il est amoureux, c'est évident. Mais... pourquoi ce silence. Il cache tout ? Habituellement, on se dit tout. Là, rien. Rien du tout. Et moi, ça m'intrigue.

Son corps semblait relâché, mais son ton était une rafale de vent glacé. Avant que France ne puisse répondre, la porte s'ouvrit à nouveau. Adriel entra, visiblement fatigué.

— Je ne me sens pas bien, dit-il en se dirigeant directement vers la cuisine. J'ai mal à la tête, des courbatures… Je crois que je couve quelque chose. Paul est rentré aussi. On a écourté notre sortie.

Tamara s'approcha rapidement de lui, posa une main sur son front.

— Qu'est-ce que tu as, Adriel ? Tu n'étais pas assez couvert… Tu travailles trop, voilà ce que c'est…

Sans attendre, elle prit un verre, le remplit d'eau, fouilla dans la boîte à pharmacie. France ignorait où étaient rangés les médicaments, mais les gestes de Tamara étaient sûrs, presque trop. Elle lui tendit un comprimé, et Adriel obéit, buvant en silence avant de s'asseoir sur le canapé.

— Reste là, dit Tamara d'un ton qui n'admettait aucune objection. Je vais te préparer un thé.

Dans la cuisine, ses gestes s'enchaînaient avec une aisance presque perturbante, comme si chaque recoin de la maison lui appartenait déjà. Tamara jouait son rôle à la perfection, mais cette sollicitude paraissait… trop.

Plantée là, silencieuse, France observait la scène. Tamara, penchée vers Adriel, laissait flotter une complicité palpable. Si proche. Trop proche. Sans savoir qu'ils n'étaient que des amis, on aurait juré qu'ils formaient un couple. Cette proximité presque naturelle provoqua un pincement étrange, quelque part entre la poitrine et l'estomac.

Son regard fuyait. Mal à l'aise, elle quitta la pièce, espérant se recentrer.

Dans la chambre, la distance n'apaisa rien. Tamara et Adriel étaient restés seuls de l'autre côté de la porte, et cette absence volontaire l'étonnait elle-même. Pourquoi s'éclipser ? Quelle en était la raison ? Après tout, c'était elle la compagne d'Adriel. Sa place n'était pas ici, en retrait, mais là-bas, à ses côtés. Pourtant, elle avait cédé du terrain, sans un mot, comme si cette proximité lui était interdite.

***

Allongée sur le lit, l'esprit en boucle, rien n'avait de sens. Tout semblait à l'envers. Revenir sur ses pas ? Montrer qu'elle était aussi cette femme confiante, forte, capable de veiller sur ceux qu'elle aime. Sur Adriel. Capable de s'imposer, dans cette maison, dans cette vie, dans cet équilibre fragile qu'elle tentait de reconstruire.

À l'écoute des sons étouffés venant du salon, elle perçut la voix de Tamara. Les mots prenaient forme dans son esprit, imaginés plus qu'entendus. Adriel devait être là, affaissé sur le divan, Tamara debout face à lui, interrogeant, grattant la surface de leur relation.

Les phrases résonnaient en elle, comme si elles lui étaient destinées :

— Tu vois, Adriel, ça va trop vite. Je ne comprends pas. Tu ne me parles pas, tu ne me dis rien. Tu ne sais rien sur elle. Quelles sont ses intentions ? Que fait-elle dans ce petit village reculé ? Qu'as-tu à cacher ?

Ses poings se crispèrent.

— Elle fait quoi, exactement, dans cette région où elle n'a aucun lien avec personne ? Elle n'a rien à voir avec cette vie. Et toi, ça ne te semble pas étrange ? Bien sûr que non. Parce que tu es amoureux. Mais amoureux de quoi ? D'elle ou de l'image qu'elle te renvoie ?

La colère montait, brûlante, difficile à contenir. Ces questions, Tamara les formulait peut-être à voix haute, mais elles résonnaient aussi dans son propre esprit. Pourquoi s'être effacée si facilement ?

Le temps, suspendu, s'étirait. Tamara restait là, encore. Trop longtemps. Puis, enfin, le son de la porte qui se referma. Tamara était partie.

***

Entre veille et sommeil, son esprit refusait de s'apaiser. Tamara avait-elle ce pouvoir de la déstabiliser. C'était peut-être cette aisance qui la rendait si différente, si froide. Ou cette impression qu'elle s'appropriait tout, même Adriel.

Le sommeil finit par l'emporter, mais ses doutes restèrent là, suspendus dans l'obscurité, prêts à la hanter à son réveil.

***

Adriel se portait mieux ce matin. Il traînait encore un peu les pieds, mais son visage avait retrouvé des couleurs. Assis à table, il mangeait lentement, prenait enfin le temps de souffler. France l'observait à la dérobée, jouant distraitement avec ses œufs brouillés. Ils n'étaient plus qu'une masse informe dans son assiette, mais ses doigts continuaient à remuer les morceaux, comme si cela pouvait l'aider à organiser ses pensées.

Il avait tant donné ces derniers temps. Les livraisons, les commandes, les allers-retours sans fin… France savait qu'Adriel avait besoin de repos, que l'épuisement l'avait rattrapé. Pourtant, ce n'était pas cela qui accaparait ses pensées. Ce matin, la fatigue d'Adriel passait au second plan. Tamara occupait tout l'espace mental. Tamara et ses mots de la veille.

Je suis stupide. La priorité aurait dû être Adriel. Mais non. L'esprit envahi par Tamara et ses paroles, France s'était laissée submerger, incapable d'être là pour lui.

Le regard d'Adriel se posa sur elle.

— Tu veux qu'on en parle ?

Sa voix était calme, posée. Il n'y avait aucune impatience, aucun reproche. Juste cette douceur qui lui était propre. France releva les yeux, confuse. Comment pouvait-il deviner ses émotions ?

— Parler de quoi ?

Elle savait parfaitement de quoi il parlait. Mais elle ne voulait pas le dire, pas à haute voix.

Adriel posa sa tasse. Il ne lâchait pas son regard.

— De Tamara.

Le nom suffit à faire resurgir tout ce qu'elle essayait d'enfouir depuis la veille. Les questions, les doutes, cette sensation d'être une intruse dans une vie qui n'était pas tout à fait la sienne.

— Écoute, Tamara m'a parlé, reprit Adriel. Je sais ce qu'elle pense. Elle ne comprend pas.

France resta silencieuse. Elle ne voulait pas l'entendre, mais elle savait qu'il allait continuer.

— Elle ne comprend pas parce que je ne suis plus le même.

Il marqua une pause, puis ajouta, plus doucement :

— Je ne suis plus le même parce que tu es là.

France sentit son souffle se couper.

— Avant toi, je n'avais jamais pensé à ça. Une famille. Des projets. Ça ne faisait pas partie de ma vie. Mais maintenant...

Il s'interrompit, chercha ses mots, puis reprit :

— Maintenant, c'est tout ce que je veux.

France releva la tête, croisa son regard. Il était sincère, comme toujours. Elle sentit une chaleur, comme le rouge d'un coucher de soleil, envelopper son âme.

Adriel se leva lentement, contourna la table et caressa ses locs.

— Ce n'est pas à Tamara de décider ce qu'on fait de nos vies, dit-il. Ni à elle, ni à personne d'autre.

Il la serra dans ses bras et chuchota :

— Je t'aime.

France se laissa aller et commença à croire que, peut-être, elle avait vraiment sa place.

***

Adriel, occupé à débarrasser la table, releva à peine la tête :

— Tamara et Paul nous invitent à dîner. Tamara veut apprendre à te connaître, dit-il innocemment alors qu'il débarrassait la table.

Il fit une pause.

— Oui, parce que, tu sais, Pâris n'arrête pas de parler de toi. Du coup, Tamara est curieuse. Elle veut connaître la personne qui fait pétiller les yeux de sa fille, dont je suis tombé éperdument amoureux.

Il avait dit cela avec un naturel désarmant, mais, pour elle, cela sonnait comme une épreuve.

— Je crois qu'on n'aura pas le choix, tu sais, avait-il ajouté.

Déstabilisée, elle prit une profonde inspiration avant de répondre :

— Je comprends, Adriel. Mais, si cela ne te dérange pas, je préfèrerais qu'ils viennent ici. Je me sentirais plus à l'aise sur mon propre terrain, enfin... sur le tien. La prochaine fois, on ira chez eux.

Il l'avait regardée avec tendresse.

— Pas de problème. Je leur proposerai.

Et c'est ainsi que Tamara et Paul acceptèrent leur invitation.

***

France avait passé la journée à réfléchir au menu, ne voulant ni en faire trop, ni trop peu. Finalement, elle avait opté pour un repas simple mais raffiné : une tarte aux légumes en entrée, suivie d'un filet de poisson accompagné de légumes de saison, et pour le dessert, une tarte Tatin. Adriel l'avait aidée à mettre la table avec soin. Tout était prêt lorsque la sonnerie retentit.

Tamara et Paul arrivèrent pile à l'heure. Tamara était élégante, vêtue d'une robe en laine gris clair, tandis que Paul arborait une tenue bien plus décontractée. Ils apportèrent une bouteille de vin. Un grand cru, avait soufflé Adriel à l'oreille de France avec un sourire complice.

Les invités semblaient parfaitement à l'aise, comme s'ils connaissaient les lieux aussi bien qu'elle-même. Tamara, particulièrement tactile, posait chaleureusement sa main sur l'épaule d'Adriel à chaque éclat de rire ou anecdote.

France ressentit immédiatement une tension sous-jacente. Elle ne pouvait s'empêcher de remarquer que Pâris, bien qu'enthousiaste et volubile, adoptait une attitude particulière envers sa mère. La fillette, consciente des enjeux, faisait tout son possible pour accorder une attention spéciale à Tamara, comme si elle cherchait à maintenir un équilibre fragile.

Les trois formaient une unité indéniable, et leur complicité rendait France presque étrangère à leurs conversations. Elle peinait à suivre les anecdotes qu'ils échangeaient, se contentant de sourire poliment lorsque le moment l'exigeait.

À table, Tamara déployait une stratégie bien rodée. Elle n'avait de cesse de poser des questions à France, des questions apparemment anodines, mais qui avaient pour effet de la déstabiliser :

— Vous travaillez dans la photographie, c'est ça ? Quel genre de projets vous passionnent ?

— Vous n'avez jamais pensé à avoir des enfants ?

— Qu'est-ce qui vous a amenée à vous installer ici, dans un endroit si isolé ?

France sentit la chaleur monter à son visage. Tamara jouait avec une habileté presque effrayante, et elle devait déployer tous ses efforts pour ne pas laisser paraître son malaise durant tout le repas.

***

Depuis la cuisine, elle s'efforçait de se concentrer pour dresser le dessert préparé spécialement pour Pâris : un banana split, accompagné d'une crêpe. Elle se souvenait avoir entendu, à la fête foraine, que Pâris adorait ce dessert. C'était devenu une évidence : marquer le coup et lui faire plaisir. Pourtant, son attention refusait de rester fixée sur la tâche.

Ses mains découpaient les bananes avec soin, mais son regard glissait sans cesse vers la scène du salon. Tamara et Pâris étaient assises ensemble. Pour la première fois, France les voyait réunies dans un moment d'intimité. Ce qui se tissait entre elles dépassait les mots : une complicité évidente, presque magique.

Concentrée, Pâris choisissait des perles une à une, les enfilait minutieusement sur un fil. France espérait secrètement que le bracelet en cours de fabrication lui était destiné. Chaque perle brillait d'une intention précise : dorée, nacrée, délicate. Un choix qui, France en était sûre, irait à merveille avec sa peau. Au milieu de ces trésors, une perle bleu pâle s'était glissée, unique dans l'ensemble. Tamara, assise tout près, observait chaque geste de sa fille avec fascination.

Vue de l'extérieur, la scène paraissait presque irréelle. Un peintre surpris par cet instant aurait sûrement voulu l'immortaliser : une femme blonde, rayonnante, penchée sur un enfant absorbé par son ouvrage, tandis qu'une autre silhouette, en retrait, les observait intensément, dissimulée dans la pénombre.

Impossible pour France de détourner le regard. Elle savait ce qu'un spectateur extérieur aurait pu ressentir face à ce tableau. Tant de questions auraient surgi — cette femme blonde si proche de l'enfant, sans doute la mère ; mais alors, l'autre figure en retrait, l'air jalouse, n'avait plus de place évidente.

France tentait de verser la glace dans une coupole, mais son esprit s'échappait. La cuillère dérapait parfois, et la crème se renversait partout. Elle ne contrôlait plus rien.

Tamara passa sa main sur les joues de Pâris, avec une infinie délicatesse. Sa voix, fragile comme un souffle chaud, fendit le silence.

— Dis-moi, pourquoi as-tu choisi cette couleur ?

Pâris leva la tête, tenant une perle dorée entre ses doigts. Elle réfléchit un instant, comme si la question nécessitait une réponse importante.

— Celle-là, c'est pour toi, maman. Parce que tu brilles... comme des perles.

Tamara sourit, son regard illuminé par l'amour qu'elle portait à sa fille.

— Et la bleue ? souffla-t-elle.

— Parce que c'est important qu'il y ait une perle différente, expliqua Pâris en regardant le bijou avec attention. Cette perle bleue rend le bracelet unique.

Tamara sourit, passa une main dans les cheveux de sa fille.

— Une perle spéciale pour un bracelet unique... Tu as raison. Il est parfait, mon trésor.

À cet instant, France comprit qu'elle ne pourrait jamais rivaliser avec ça. Tamara était irremplaçable, bien plus qu'une mère. Tamara était pour cet enfant sa boussole, son refuge, son monde.

France, toujours dans la cuisine, observait cette scène en silence. Une larme roulait sur sa joue, puis une autre. Une goutte tomba dans la coupole de glace qu'elle tenait dans sa main, et elle la vit fondre sous l'effet de la chaleur.

Le bruit d'une porte qui s'ouvrait derrière elle la fit sursauter. Paul et Adriel venaient d'arriver. Adriel s'arrêta net en voyant l'état de France. Son regard passa rapidement de ses yeux rougis à la scène dans le salon. En un instant, il comprit. Il s'approcha d'elle avec douceur, posa une main sur son épaule.

— Laisse-moi t'aider.

France acquiesça sans un mot. Adriel prit la cuillère de ses mains tremblantes et commença à terminer le dressage des desserts, comme si c'était la chose la plus naturelle à faire.

Au moment du dessert, Tamara posa brusquement sa fourchette. Tous les regards se tournèrent vers elle.

— Vous savez, Adriel, je pensais que la prochaine fois, vous pourriez venir chez nous. Ce serait plus confortable, non ?

— Oui, bien sûr, répondit Adriel, presque avec trop d'empressement.

France sourit par politesse, mais au fond, elle savait que cette invitation ne serait pas un simple dîner de courtoisie. Tamara voulait en apprendre davantage.

Lorsque la porte se referma, le silence retomba dans la maison. France se précipita dans les bras d'Adriel et éclata en sanglots. Elle pleurait parce qu'elle s'était retenue durant tout le repas, durant tout le dessert. Maintenant, le torrent de larmes qu'elle avait tenté de maîtriser déferlait.

Adriel restait là, en silence, caressant son dos et murmurant quelques mots apaisants. Après un moment, France se mit à répéter : *Ona, merci pour la vie. Ona, merci pour la lumière.*

Quand ses larmes furent taries, elle s'effondra sur le canapé, épuisée. Elle tentait de rassembler ses pensées pendant qu'Adriel rangeait la cuisine. Lorsqu'il termina, Adriel vint s'asseoir près d'elle. Il cherchait ses mots, ou peut-être un moyen de la réconforter. Puis, dans un souffle, il lui confia à nouveau ce désir profond : celui de fonder une famille, d'avoir un enfant, un petit être autour duquel ils construiraient leur vie, tous les trois.

France resta silencieuse, incapable de formuler une réponse. Cette idée lui avait paru impensable. Jamais elle n'avait envisagé d'avoir un autre enfant, persuadée de ne pas le mériter.

Abandonner son premier avait laissé une marque indélébile, et s'interdisait d'en accueillir un autre. Une punition qu'elle s'infligeait.

Pourtant, quelque chose l'ébranlait. Pour Adriel, pour eux, elle voulait s'autoriser à y penser. Peut-être aussi pour maintenir un lien avec Pâris. Mais, ce soir-là, les pensées s'emmêlaient, trop confuses pour laisser place à une décision claire. Elle se blottit à nouveau dans ses bras, cherchant un refuge, et glissa d'une voix faible qu'ils en reparleraient plus tard, quand elle serait prête.

***

Elle ne serait jamais cette figure. Jamais celle qui avait su répondre à ses besoins fondamentaux : la chaleur, la sécurité, l'affection.
Et parce qu'elle n'avait pas su — ou pas pu — être cela, elle savait qu'elle ne pourrait jamais rivaliser avec Tamara. Tamara restait sa base, son ancrage, sa boussole. La première voix. Les premiers bras. Les repères du quotidien.

Dans ses rêves les plus fous, France imaginait parfois Pâris courir vers elle, l'appeler maman, se lover contre elle comme si rien ne s'était brisé. Mais elle gardait les pieds sur terre. Elle savait que ce droit-là, elle l'avait abandonné depuis longtemps.

Et pourtant, ce qu'elle avait perçu ce jour-là, lorsqu'elle les avait observées ensemble à l'atelier de perles, l'avait atteinte jusqu'à l'os. Ce lien-là, cette complicité entre Tamara et Pâris, ne lui appartenait pas. Et ce n'était pas une injustice. Juste une réalité. Alors elle attendait autre chose.

Elle se préparait à recevoir ce que Pâris pourrait lui confier. Une place infime, peut-être. Fragile. Tordu. Écorché. Elle l'accueillerait. Elle l'aimerait. Elle le préserverait comme un trésor.

4

Les souvenirs qu'on n'efface pas

« Ce n'est pas l'amour qui est compliqué, mais les gens. » Jean Cocteau

Ce 22 décembre, ils allaient dîner chez Paul et Tamara. France avait passé un temps infini à choisir ses vêtements. Elle n'en possédait pas tant, mais elle voulait faire bonne impression. Elle s'était préparée comme pour un premier rendez-vous : un shampooing interminable pour ses locs, des bigoudis pour leur donner plus de volume et de mouvement.

Paradoxalement, une seule envie dominait : se rouler en boule sous sa couette et ne plus en bouger. Tamara en avait fait des tonnes lorsqu'elle était venue dîner chez eux. Alors, dans son propre foyer, France imaginait un déluge.

La journée avait commencé dans la tension. France avait proposé de faire le dessert, mais après avoir raté trois fournées de brownies — les derniers ayant même brûlé —, elle se résigna. Adriel, dans un mélange d'agacement et de bienveillance, avait pris les devants en passant à la boulangerie pour acheter une tarte aux fruits que la boulangère recommandait.

En franchissant le portail de la maison de Tamara, France fut frappée par la perfection du jardin : tout était impeccablement taillé, parfaitement ordonné. Pas un brin d'herbe rebelle. À cet instant, une pensée s'imposa : ce jardin reflétait Tamara elle-même. Vernis appliqué à la perfection, coiffure impeccable, vêtements ajustés — chaque détail sous contrôle.

À l'inverse, France incarnait tout son opposé. Vêtements trop amples, accessoires bon marché, tenues dépareillées lui donnaient l'air d'être en vrac.

Tamara les accueillit avec une grâce naturelle. Tout semblait orchestré : la table étincelante ornée de porcelaine fine, des verres en cristal soigneusement alignés. Une robe sobre, mais élégante, un sourire parfaitement dosé. En franchissant le seuil, une sensation de petitesse envahit France.

Pendant le dîner, la conversation était menée avec aisance par leur hôte, qui orientait souvent les échanges sur tout ce qu'elle avait fait pour Pâris. Cours de poterie, de danse, de dessin, sorties au théâtre, visites de musées, vacances à la mer et à la montagne — la liste semblait interminable.

France écoutait, troublée. Pourquoi ces détails ? L'intention restait floue. Avait-elle deviné quelque chose ? Perçu ce lien naissant avec Pâris ? Ou bien cherchait-elle simplement, à travers ces récits, à rappeler subtilement sa place de mère légitime, celle qui avait été là, celle qui avait offert tout cela ?

France retournait ces questions dans sa tête, mais aucune réponse ne révélait réellement les intentions de Tamara. Cette dernière marquait son territoire.

Lorsque le dessert fut servi, une ambiance plus légère flottait dans l'atmosphère, sans doute grâce au champagne, aux cigares et aux anecdotes qu'Adriel et Paul partageaient, évoquant de vieux souvenirs communs. Pâris, enchantée par la tarte aux fruits, en demanda une deuxième part, les yeux brillants de gourmandise.

France, en revanche, repoussa son assiette. Elle n'avait plus faim. Ses pensées continuaient à tourner autour des propos de Tamara.

En rentrant, France retira ses chaussures et s'affala sur le canapé. Adriel, qui s'affairait à ranger leurs manteaux, vint la rejoindre.

— Ça va ? lui demanda-t-il en s'asseyant à ses côtés.

France haussa les épaules.

— Tamara est... spéciale. Je ne sais pas pourquoi elle m'a dit tout ça. Comme si elle essayait de me prouver quelque chose.

Adriel passa un bras autour de ses épaules.

— Tamara a toujours eu besoin de tout contrôler. C'est sa façon de faire. Mais... ce soir, elle a dû sentir quelque chose, ton importance pour Pâris.

France baissa les yeux, les doigts crispés sur le tissu du canapé.

— Mais je ne suis rien pour elle.

Adriel tourna son visage dans sa direction, la dévisagea avec une douceur infinie.

— Ne dis pas ça. Pâris t'aime déjà. Et moi aussi.

Il déposa un baiser sur son front. Puis, après un silence, il ajouta :

— France... je pense que c'est le moment.

Elle releva la tête, confuse.

— Le moment pour quoi ?

Adriel lui prit les mains.

— Pour qu'on commence à construire notre famille. À nous. Tu sais de quoi je parle...

Elle sentit son cœur s'accélérer. Cette proposition, qu'elle aurait dû accueillir avec joie, la plongeait dans un mélange d'émotions contradictoires.

Elle se blottit contre lui, les mots suspendus au bord de ses lèvres.

— Bientôt, Amouré... sois patient.

***

Son cœur bondissait à l'idée de passer tout le week-end seule avec Pâris. Une joie fulgurante l'envahit, et mille projets prirent forme dans son esprit.

Adriel avait pourtant longuement réfléchi avant de prendre cette décision. Un appel professionnel, impossible à ignorer, l'obligeait à s'absenter tout le week-end, alors qu'il savait combien Pâris avait insisté pour passer ce moment avec eux. Mais ce client était important, fidèle, et offrait une rémunération considérable. Le décaler aurait compliqué les choses. Après de longues tergiversations, Adriel se résigna à partir, sans prévenir Tamara, malgré sa crainte de la réaction de cette dernière.

Enfin seules, pour la toute première fois.

Dans un éclair, une idée lui traversa l'esprit. Pourquoi ne pas emmener Pâris à Paris ? Une excursion rapide, un aller-retour, rien de compliqué. Mère et fille, seules dans la capitale.

Une fois Adriel parti, elles prirent la route sans plus tarder. Pâris chantait à tue-tête *L'Air du vent, chanté par Laura Mayne du groupe Native,* tandis que France conduisait, concentrée, mais le sourire aux lèvres, heureuse de ce moment partagé. Le trajet fut fluide, et deux heures plus tard, elles arrivaient à Paris. Une fois garée à Château Rouge, France guida Pâris parmi les étals colorés du marché.

Pâris s'arrêta soudain devant un étal de bananes plantains.

— Oh, des bananes plantains ! Ma grand-mère en cuisine tout le temps. Elle dit que ça lui rappelle le Bénin, lança-t-elle avec entrain.

France ralentit, touchée par cette remarque.

— Ta grand-mère ?

— Oui. Elle est métisse. Sa maman était béninoise, ajouta Pâris simplement, sans percevoir l'écho que ces mots éveillaient.

France resta un instant silencieuse, la phrase de l'enfant résonna comme un chuchotement au fond de la savane. Ce n'était qu'un détail, presque anodin. Et pourtant... Comment ne pas remarquer cette coïncidence étrange ?

Elle se revit brièvement après l'accouchement, vidée de toute force. Elle n'avait pu offrir qu'un souhait fragile, confié comme un dernier souffle : que l'enfant qu'elle laissait derrière elle puisse grandir entouré d'une culture béninoise, d'une manière ou d'une autre. Ce n'était qu'une prière sans prétention adressée à Ona.

Ona lui avait offert cette connexion discrète. France sentit une chaleur étrange dans sa poitrine, un mélange de trouble et d'apaisement.

— Ça va ? demanda Pâris, remarquant son silence.

— Oui, oui, répondit-elle avec un sourire.

Elles continuèrent leur chemin parmi les étals, Pâris absorbée par les couleurs, France perdue dans cette idée. Ce n'était rien de concret, juste une impression fugace. Mais elle se surprit à remercier intérieurement la vie. *Ona, merci pour la vie. Ona, merci pour la lumière.*

Après avoir rempli leurs sacs de produits exotiques, une nouvelle idée germa en elle : *Et si je passais par mon petit appartement ? Ce serait l'occasion de récupérer quelques affaires.* Elles prirent la direction du studio de France, situé à quelques centaines de mètres à peine de Château Rouge.

L'appartement était niché sous les toits, au dernier étage d'un immeuble ancien. Un studio minuscule, juste assez grand pour une personne seule. Les poutres apparentes descendaient si bas qu'elle devait souvent se pencher pour ne pas se cogner. Une petite fenêtre donnait sur les toits de Paris, et laissait entrer une faible lumière, rendant le lieu sombre mais accueillant.

France déposa ses sacs et se mit immédiatement à fouiller frénétiquement dans sa petite commode. Elle en sortit, victorieuse, une poupée en tissu qu'elle tendit fièrement à Pâris, en expliquant :

— C'était ma poupée préférée. J'aurais voulu l'offrir à mon enfant, si j'en avais eu un.

— Merci, répondit Pâris avec un sourire. J'en prendrai soin.

Tandis que Pâris rangeait la poupée, France profita de ce moment pour glisser discrètement dans son sac à main un carnet et le bracelet de naissance de la petite.

Dans le petit studio, France et Pâris s'apprêtaient à cuisiner ensemble des alokos et du fufu.

— Allez, viens, on commence par couper les bananes, dit France en déposant un couteau devant Pâris.

Sous son regard attentif, Pâris se mit au travail. Ses gestes étaient maladroits, ses morceaux inégaux. Mais France ne corrigea pas. Elle préférait encourager :

— C'est très bien. La cuisine, c'est comme tout : plus tu pratiques, plus tu deviens douée.

Pâris sourit, visiblement fière.

— Tu aimes cuisiner ? Maman déteste ça. Elle dit que ça prend trop de temps.

France rit en touillant la sauce.

— Cuisiner, c'est beaucoup plus que préparer à manger. C'est partager une part de soi. Quand tu cuisines, tu y mets ton cœur et ton histoire. Ceux qui mangent sentent tout ça, tu verras.

Pâris réfléchit un instant, puis déclara avec assurance :

— Alors, moi aussi, je vais faire pareil.

Elles continuèrent à cuisiner dans une parfaite complicité. Pâris observait chaque geste de France : comment chauffer l'huile pour les alokos, éplucher l'igname et le couper en morceaux pour le fufu.

— Ça crépite ! s'écria-t-elle joyeusement en voyant les rondelles de banane plonger dans l'huile chaude.

— Oui, c'est normal. C'est le signe qu'elles seront bien croustillantes, répondit France en souriant.

Pâris prépara un grand plat avec du papier absorbant pendant que France retirait les bananes dorées de la poêle.

— Hum, ça sent bon. Elles sont bien dorées ! s'enthousiasma Pâris en touchant son ventre.

— On va aussi faire une sauce tomate épicée pour accompagner le fufu. Tu aimes les épices ? demanda France.

— Ça pique, non ? Pas trop, alors, répondit Pâris avec une grimace amusée.

— Promis, ce sera juste un peu relevé.

La cuisine s'emplissait d'arômes chaleureux tandis que la sauce mijotait et que le fufu prenait forme sous leurs mains.

Une fois le repas préparé, Pâris insista pour dresser seule les assiettes. Le front plissé, les lèvres rentrées, l'enfant s'appliquait à placer méthodiquement dans l'assiette chaque ingrédient. France s'éloigna discrètement et prit son appareil photo afin de graver cette scène tout en confiant à Pâris :

— Tu as bien disposé les produits dans l'assiette. Visuellement, c'est équilibré et très joli.

— Tu aimes ?

— Tu es douée.

Puis, une idée lui vint : se prendre toutes deux en photo. Elle improvisa un support avec quelques livres pour poser l'appareil, vérifia le cadrage et déclencha le minuteur. Elles posèrent, souriantes, puis s'installèrent pour manger. Pendant le repas, France écoutait attentivement Pâris décrire, avec enthousiasme, combien cuisiner lui avait plu. Ces mots déclenchèrent une idée.

Elle repensa au cadeau qu'elle avait choisi : des bijoux. Après réflexion, Pâris en possédait sûrement déjà beaucoup, par Tamara. Ses propres bracelets n'avaient rien de particulier. Ce qu'il fallait, c'était quelque chose d'unique, un objet gravé dans la mémoire de l'enfant, capable d'évoquer France à jamais. L'idée domina : des ustensiles de cuisine, peut-être des accessoires colorés, dans des tons bleus si possible.

Après le repas, la fatigue se fit sentir. Pâris demanda à faire une petite sieste. France déplia le canapé-lit, installa des couvertures bien chaudes et, une fois couchée, la petite posa sa tête sur la cuisse de sa protectrice, cherchant une position confortable. Immobilisée par l'émotion, France n'osait pas bouger, désireuse de prolonger cet instant intime.

Un vieux livre de contes, trouvé dans un placard à portée de main, vint parfaire ce moment. Doucement, pour préserver le calme, elle lut à voix basse. Un conte, puis un autre.

Le souffle de Pâris devint régulier, preuve d'un sommeil profond. France continua la lecture un moment, jusqu'à s'endormir à son tour, la main posée sur les boucles crepues de la petite.

***

France se réveilla en sursaut. Il lui fallut quelques instants pour reconnaître l'endroit où elle se trouvait : son petit appartement à Paris. Elle tourna la tête et aperçut Pâris, profondément endormie à ses côtés. Son cœur s'emballa. D'un bond, elle se leva, prise de panique. La nuit était tombée, et lorsqu'elle consulta sa montre, elle réalisa avec effroi qu'il était déjà plus de vingt heures.

Elle n'avait pas le choix. Il fallait partir. Doucement, elle déposa une bise sur le front de Pâris et la secoua doucement.

— Pâris, réveille-toi... Il est tard, on doit partir maintenant.

L'enfant ouvrit les yeux, encore engourdie de sommeil, mais se redressa sans protester et commença à ranger ses affaires. France, de son côté, tentait de masquer son agitation. Elle ne voulait rien laisser transparaître, surtout pas à Pâris. Elle vida l'huile des allocos préparés plus tôt, laissa le canapé tel quel, ferma les fenêtres, puis inspecta rapidement l'appartement pour s'assurer de n'avoir rien oublié. Une fois prêtes, elles descendirent jusqu'à la voiture garée en bas de l'immeuble, et France installa Pâris sur le siège passager.

Elles prirent la route, mais France était nerveuse. Une seule pensée l'obsédait : pourvu que tout aille bien. La voiture filait vite, mais elle restait prudente pour ne pas risquer un accident, surtout avec Pâris à ses côtés. Par moments, elle jetait un coup d'œil à la petite, désormais endormie, son visage paisible éclairé par les lumières des phares alentours. Cette image aurait dû la rassurer, mais une angoisse sourde continuait de la hanter.

Le trajet, qui aurait dû être simple, s'éternisait. Les embouteillages n'en finissaient pas. Elle se rongeait les ongles, fulminait intérieurement et priait pour que tout se passe bien.

À 23 h 10, elle s'engagea dans le rond-point qui menait à leur maison. Sa place de stationnement habituelle était prise. Son cœur se serra. Son regard glissa vers la maison : une lumière allumée. Pourtant, elle l'avait éteinte avant de partir.

Une vague de panique monta. Adriel ? Était-il rentré plus tôt que prévu ?

France gara la voiture un peu plus loin. Tandis qu'elle coupait le moteur, Pâris s'éveilla doucement, s'étira comme un chaton. L'enfant détacha sa ceinture et bondit hors de la voiture avec insouciance, mais France restait figée.

Pâris poussa la barrière et courut dans l'allée, impatiente de rentrer. France, quant à elle, avançait lentement, chaque pas alourdi par l'appréhension. Puis, soudain, la porte s'ouvrit.

Tamara.

Elle apparut, se précipita pour accueillir Pâris, la serra dans ses bras, et l'inonda de questions :

— Ça va, mon trésor ? Tu n'as pas eu trop froid ? Tu es fatiguée ?

France resta clouée sur place. Elle avait pensé trouver Adriel, furieux ou inquiet, mais c'était Tamara qui se tenait là, en chair et en os. Tamara, dans sa maison.

Son cerveau refusait de comprendre. Ce n'était pas possible. Elle se disait que tout cela n'était qu'un mauvais rêve, qu'elle allait se réveiller. Mais non. Tamara était bien là, debout dans l'encadrement de la porte.

Puis, Tamara leva les yeux vers elle. Son regard noir, froid et implacable, la traversa comme un coup de poignard. France eut l'impression que toutes les lumières du monde s'éteignaient.

Tamara s'avança vers elle, son visage durci par la colère. France, pétrifiée, voulait reculer, fuir ces pas menaçants, mais ses jambes restaient clouées au sol.

Elle n'avait pas vu le geste venir. Un claquement sec retentit.

Sa joue s'enflamma immédiatement. Tamara venait de la gifler.

— Mais tu es inconsciente, siffla-t-elle. Où étais-tu ? Où l'as-tu emmenée ?

France resta figée, incapable de répondre. Les mots de Tamara se déversaient en un flot continu :

— J'ai confié mon enfant à Adriel, pas à toi. Tu n'avais aucun droit de la prendre je-ne-sais-où ! Tu te rends compte qu'il est plus de 23 heures et que tu rentres seulement ? Tu crois que tu n'as pas de responsabilités ? Tu as quel âge ? On ne fait pas n'importe quoi avec un enfant !

France entendait les mots, mais ils lui semblaient flous, distants, comme si Tamara parlait une langue étrangère. Son esprit était ailleurs, absorbé par la douleur brûlante sur sa joue et par le regard choqué de Pâris, qui observait la scène sans comprendre.

— Maman, pourquoi tu as fait ça ? protesta Pâris. On s'est bien amusées, il ne s'est rien passé. Tout allait bien, je te le jure.

Tamara, toujours crispée, n'entendait pas les paroles de sa fille. Elle se mit à sa hauteur et tenta de lui expliquer d'une voix plus douce :

— Mon trésor, tu ne comprends pas... On était inquiets. Adriel a appelé plusieurs fois ici, et personne ne répondait. Ensuite, il m'a appelée, pensant que tu étais avec moi. Mais je ne savais rien. Depuis midi, nous sommes ici à t'attendre, et il est maintenant 23 heures passées. J'ai tout imaginé. J'ai cru qu'il t'était arrivé quelque chose de grave.

Elle marqua une pause, le souffle court.

— On a même appelé la police, Pâris. J'avais tellement peur. Tu dois comprendre pourquoi j'ai réagi comme ça.

Mais Pâris secoua la tête, ses yeux brillaient de larmes.

— Non, maman. France n'a rien fait et a pris soin de moi, comme toi. On a passé une bonne journée. Elle m'a raconté des histoires, fait à manger. Et m'a montré plein de choses.

France, bien qu'hébétée, remarqua le changement dans l'expression de Tamara. Son visage, si dur quelques instants plus tôt, vacilla.

Adriel était resté en retrait, les mains dans les poches. Il observait la scène sans intervenir, son visage masqué par l'obscurité. France, quant à elle, refusait de croiser son regard. Elle baissa les yeux, fixa la neige molle qui commençait à tomber doucement autour d'eux.

C'est Pâris qui brisa le silence.

— J'ai froid… gémit-elle.

Ce simple mot sembla ramener tout le monde à la réalité. Tamara serra sa fille contre elle, et Adriel fit un signe vers la porte pour les inviter à rentrer.

France suivit, presque mécaniquement, comme si son corps se déplaçait sans qu'elle ne le commande.

Tamara avançait encore dans le salon, plia mécaniquement les affaires de Pâris tout en lançant des reproches à Adriel.

— Pourquoi tu lui fais confiance ? Elle a peut-être de bonnes intentions, mais elle n'a aucune idée de ce que ça implique de s'occuper d'un enfant. Si ça continue, je ne laisserai plus Pâris venir ici.

— Non ! cria Pâris, la voix brisée par l'émotion.

L'enfant s'élança vers Tamara, les larmes roulaient sur ses joues.

— Non, maman, tu ne peux pas faire ça ! Je veux continuer à venir ici. J'aime être avec Adriel... et France. Je t'en supplie, maman, ne fais pas ça !

Tamara baissa les épaules en voyant son désespoir. Adriel s'avança et posa une main apaisante sur l'épaule de Pâris.

— Tamara, elle est heureuse ici. Ne lui enlève pas ça.

Tamara soupira, détournant le regard.

— On en reparlera.

Et sur ces mots, elle quitta la maison, tenant Pâris par la main.

La porte se referma sur Tamara, laissant derrière elle un silence lourd, presque oppressant. France resta debout, le regard fixé sur le sol.

Adriel se tenait à quelques pas d'elle, les bras croisés. Il la regardait, mais son expression n'était ni dure ni indulgente. L'épuisement marquait chacun de ses traits.

— Je suis désolée, Adriel. Vraiment désolée. J'ai… j'ai été irresponsable. Je n'aurais pas dû partir avec Pâris comme ça, sans rien te dire. Je ne pensais pas à mal, mais… je réalise que c'était une erreur. Je m'excuse de t'avoir mis dans cette situation avec Tamara.

Adriel soupira et secoua doucement la tête.

— France, tu te rends compte ? Et s'il s'était passé quelque chose… ?

— Mais rien ne s'est passé, répondit-elle d'une voix troublée.

Il leva la main pour l'interrompre.

— Oui, tout s'est bien passé. Mais si ça n'avait pas été le cas… Tu ne peux pas imaginer ce que j'ai ressenti en rentrant et en ne vous trouvant pas ici.

Elle ouvrit la bouche pour répondre, mais il continua, tendu.

— J'ai cru que… j'ai cru que tu n'allais pas revenir.

Les mots la frappèrent comme une gifle. Elle releva brusquement la tête, son visage marqué par l'incompréhension.

— Que je n'allais pas revenir ? répéta-t-elle, abasourdie. Tu pensais quoi, exactement ? Que j'avais… enlevé Pâris ?

Adriel passa une main sur son visage, visiblement mal à l'aise.

— Non… Enfin, je ne sais pas. Tu es partie sans prévenir, alors que j'avais laissé le numéro de l'endroit où je me rendais. Je t'ai fait confiance.

France baissa la tête, submergée par la culpabilité.

— Je sais… Tu as raison. J'ai agi sans réfléchir, Adriel. Je me suis laissée emporter. Je voulais juste lui faire découvrir quelque chose d'important pour moi, partager ça avec elle… Mais ce n'est pas une excuse. Je n'ai pas mesuré les conséquences.

Adriel hocha la tête et lui fit signe de continuer.

Elle sentit les larmes monter. Sa voix trembla :

— Ce n'était pas mon intention de te mettre dans cette situation, ni de te fâcher avec Tamara. Je tiens à Pâris, Adriel, et je tiens à toi.

Les larmes coulèrent finalement, et elle détourna le visage pour les essuyer d'un geste maladroit. Mais Adriel s'avança et posa une main sur son épaule.

— Eh, eh… France, écoute-moi.

Elle releva la tête, croisa son regard. Il y avait dans ses yeux une fatigue profonde, mais aussi une tendresse qu'elle n'avait pas anticipée.

— Je crois que Tamara était surtout en colère parce qu'elle s'est inquiétée. Mais tu sais quoi ? Je pense qu'elle finira par se calmer. Parce que Pâris ne laissera pas faire. Cette gamine a un sacré caractère, crois-moi.

France esquissa un sourire forcé.

***

Elle n'avait pas répondu. Pas levé la main. Pas crié. Rien. Elle était restée là, comme figée, comme si le geste ne l'avait pas vraiment atteinte. Et pourtant, il avait tout bousculé.

Elle n'arrivait pas à savoir ce qui la blessait le plus : le geste, ou son propre silence. Cette incapacité à réagir, à s'opposer, à faire face.

Mais quelque chose avait changé. Pas dans le regard de Tamara. Dans le sien. Pour la première fois, elle s'était vue. Entière. Inoffensive peut-être, mais pas vide. Elle ne savait pas encore ce que ça voulait dire, mais elle savait qu'elle ne se laisserait plus faire. Pas comme avant.

***

La dispute. Cette gifle. Tout revenait en boucle dans son esprit. Elle passa une main sur sa joue, encore marquée par l'humiliation de cet instant. L'image du regard de Pâris, perdu et incompréhensif, l'assaillait. Et Adriel… Adriel qui avait passé la nuit entière à la consoler, à essayer d'apaiser une douleur qu'il n'avait pas provoquée. Elle avait payé cher cette escapade dans la capitale. Pourtant, elle se disait que, si c'était à refaire, elle n'hésiterait pas. Ce voyage avait renforcé son lien avec Pâris.

Et si Tamara ne revenait pas sur sa décision ?

Mais les propos d'Adriel la rassuraient : *Donne-lui quelques semaines, laisse les fêtes passer. Au pire, je les inviterai pour le Nouvel An, et tout ira bien.* Il était si sûr de lui. Et France voulait y croire. Ils avaient traversé pire ensemble. Mais malgré cette confiance en lui, une peur sourde la rongeait.

La peur d'être une mauvaise mère, de reproduire les mêmes erreurs. Abandonner... encore... toujours... *Suis-je une femme qui part et qui ne revient jamais ?* Si elle voulait construire quelque chose de solide avec Adriel, travailler sur cette peur était inévitable. Son amouré voulait une famille, une vraie. Malheureusement, ses doutes la piégeaient, la séquestraient malgré son désir d'enfant avec lui.

Pour dissiper ses pensées, elle enfourcha son vélo, affronta le froid mordant de l'hiver. Elle pédalait vite, toujours plus vite, dans le but de semer ses angoisses. Elle arriva en ville, frigorifiée, les mains bleues et presque engourdies par le froid. Elle s'arrêta devant un magasin. À travers la vitrine, des ustensiles de cuisine pour enfants en inox retinrent son attention. Parfait pour Pâris. Un sourire éclaira son visage pour la première fois depuis des heures. Elle entra, acheta le cadeau idéal, et ressortit de la boutique avec une étrange légèreté.

Elle se réfugia dans une brasserie et réchauffa ses mains glacées autour d'un verre de vin chaud. L'alcool diffusait une douce chaleur dans son corps, comme pour diluer un instant ses pensées tourmentées. Elle avait pris son carnet, presque par hasard, avant de partir. En le feuilletant, elle retrouva les lettres écrites chaque année pour Pâris.

Mon étoile,

Tu as un an aujourd'hui.

Un an d'un monde sans couleur,
sans soleil,
qui semblent avoir complètement disparu
depuis que je suis séparée de toi.

Chaque jour, j'imagine tes premières fois.
Chaque jour, je m'imagine
te serrer dans mes bras
et te demander pardon
pour ma faiblesse.

Aujourd'hui, je sais
que je porte en moi un amour immense,
un amour qui déborde.

Et un jour,
je pourrai t'inonder de cet amour.

France

Elle tourna les pages, parcourut les mots écrits année après année. Cette fois, ce n'était pas l'anniversaire de Pâris. Mais elle sentit ce besoin irrépressible d'écrire à nouveau. Le stylo en main, les mots se déversèrent :

Pâris, mon étoile,

Ce n'est pas ton anniversaire aujourd'hui,
mais j'ai besoin de t'écrire,
car tu me manques terriblement.

Tu as une chance immense.
Tu as des parents merveilleux,
et je crois que l'univers t'a gâtée.

Je suis certaine qu'il te protégera toujours.

J'ai découvert une petite fille incroyable,
une lumière, comme Ona.

Et j'espère qu'un jour,
tu pourras me pardonner ce geste si irréparable.

Je te demande pardon de toutes mes forces,
de toute mon âme,

parce que j'ai fauté.

Non, j'ai plus que fauté.
Il n'existe pas de mot,
ni en français ni en fon,
pour expliquer mon acte.

Je suis si heureuse d'avoir partagé
ces instants précieux avec toi.
Je les garde précieusement dans mon cœur,
comme un trésor.

Mon amour pour toi
est aussi grand que toutes les étoiles
qui brillent dans l'univers.

France

Après avoir terminé, elle ferma le carnet, le cœur plus léger, prête à reprendre le chemin du retour.

En rentrant, France chercha à se faire pardonner pour le conflit déclenché avec Tamara. Une recette réconfortante prit forme : purée maison, steak au poivre, des gestes simples pour apaiser les tensions. Plus tard, la tendresse offerte à Adriel sembla contenir tout ce que son corps pouvait donner. Cette nuit-là, dans le silence partagé, Adriel nourrissait l'espoir d'une grossesse à venir.

Pourtant, impossible d'avouer qu'aucune décision n'avait jamais été prise, que sa pilule restait cachée dans le fond de sa trousse de toilette. Ce n'était pas le moment. Pas encore. L'élan manquait, freiné par des peurs, des doutes. Bientôt. Peut-être.

***

Adriel sifflait, un signe clair de son bonheur : il allait enfin la présenter à sa famille. France, de son côté, s'efforçait de dissimuler sa mélancolie. Une partie d'elle restait obstinément tournée vers Pâris, espérant qu'un simple claquement de doigts suffirait à ramener ce jour où Tamara reviendrait sur sa décision. En vain. Alors, son attention se portait sur cet homme qui représentait son tout : sa montagne, son refuge, sa force.

Il s'était mis sur son trente-et-un pour l'occasion, un événement rare. D'ordinaire, il passait ses journées en blouse de travail ou en jeans marqués par l'usure de son quotidien. Mais ce soir-là, il portait un pantalon chino beige et un pull en laine gris ajusté, avec une chemise blanche dont le col dépassait élégamment. Il avait même pris le temps de passer chez le coiffeur. France n'avait pu s'empêcher de sortir son appareil photo pour immortaliser l'instant. Elle ajusta l'objectif, captura quelques clichés de lui. Puis, cala l'appareil sur un tas de livres pour prendre des photos d'eux deux ensemble.

Il ne manquait plus qu'une photo d'elle, d'Adriel et de Pâris pour compléter son album. Ce jour viendrait, elle en était persuadée.

Adriel avait pris soin de choisir des cadeaux pour chaque membre de sa famille. Il avait été surpris de voir France arriver avec un sac rempli de petites surprises pour compléter les siennes : des bougies parfumées, des savons artisanaux, et des petites boîtes d'encens.

— Cette année, ils vont être totalement gâtés, avait-il plaisanté en souriant.

Ils prirent la route, et roulèrent une heure jusqu'à la maison des parents d'Adriel. À leur arrivée, France observa la maison joyeusement décorée de guirlandes et de couronnes en sapin accrochées aux fenêtres. Les lumières diffusaient une chaleur accueillante, mais à l'intérieur, il faisait terriblement froid. Elle n'avait pas pensé à prendre un pull suffisamment chaud. Sa robe mi-saison, une robe noire à manches longues, élégante mais légère, ne la réchauffait pas assez.

La maison regorgeait de vie. La mère d'Adriel, bavarde et chaleureuse, s'activait autour de la table, racontant des anecdotes sur l'enfance de son fils. France souriait, amusée par cette légèreté. Mais à chaque nouvelle histoire, une pensée l'assaillait : qu'aurait été la sienne avec Pâris ?

La sœur d'Adriel, plus réservée, lançait des commentaires apparemment innocents :

— Tu es différente des autres filles qu'il nous a présentées... Adriel aime bien les surprises, visiblement.

Le repas était copieux : une dinde farcie trônait au centre, entourée de gratins, de légumes rôtis et de sauces variées. La famille partageait rires et souvenirs, mais France se cachait derrière son appareil photo. À chaque déclenchement, une pensée revenait, inéluctable : Pâris.

Adriel avait bu un peu trop de vin rouge, et France était bien trop fatiguée pour prendre le volant. Ils décidèrent donc de passer la nuit dans la maison familiale. Une chambre d'amis les accueillit et, malgré la gêne ressentie plus tôt, France se laissa aller dans les bras d'Adriel.

Le 25 décembre, la journée se déroula tranquillement. En début de soirée, ils prirent la route pour se rendre chez Marcel, où ils passèrent un bon moment. À l'ouverture des cadeaux, tous eurent la surprise de recevoir des pulls de Noël affreux. Chaque pull rivalisait de mauvais goût, et ils riaient à n'en plus finir. France se laissa emporter par cette ambiance légère.

Dans la soirée, elle demanda à Marcel s'il était possible de passer dans la semaine pour développer les nombreuses photos prises ces derniers jours.

***

'était toujours le même émerveillement. La même fascination que la première fois, lorsqu'elle avait développé les photos de Pâris en l'absence de Marcel. Voir apparaître, peu à peu, le sourire de son étoile dans la chambre noire relevait presque de la magie. Elle y passa tout l'après-midi et développa une quantité de clichés de Pâris pour compléter son album.

Une fois les photos mises à sécher, elle se mit à préparer le dîner : un ragoût de poisson. Marcel, ravi, lui racontait les dernières nouvelles sur ses enfants, ses petits-enfants et les progrès de son jardin. Son visage s'éclairait au fil des anecdotes.

La soirée terminée, France rentra à la maison. Mais au lieu d'aller se coucher, elle s'installa à la table de la cuisine avec Adriel. Devant eux, les photos fraîchement développées s'étalaient comme des éclats de vie. Ensemble, ils commencèrent à les trier méthodiquement : un album pour Pâris, un autre pour Adriel. Ils notèrent les dates, griffonnèrent quelques commentaires, partagèrent des souvenirs entre rires et silences.

France s'arrêta sur une série de clichés où Adriel apparaissait. Un sourire amusé étira ses lèvres.

— Regarde ça, dit-elle en lui tendant une photo. Tu es incroyablement photogénique, Adriel.

Il haussa un sourcil, sceptique, puis observa l'image de plus près. Un léger sourire vint adoucir son expression.

— Pour une fois, je dois reconnaître que je me trouve bien sur celle-ci, répondit-il, presque surpris.

— C'est parce que tu es à ton naturel. Je n'ai rien forcé, tu es juste toi.

— Ou alors c'est ton talent de photographe, glissa-t-il avec un sourire en coin.

L'album de Pâris se remplissait à vue d'œil. Trop d'images, trop de moments pour tout contenir. Celui d'Adriel, en revanche, restait encore en suspens. France passait d'une photo à l'autre, les commentant à voix basse, le cœur tendu entre nostalgie et bonheur.

Adriel, assis à côté d'elle, se pencha légèrement.

— Tu as vraiment un don, tu sais ? Sérieusement, France, tu devrais en faire quelque chose.

Il s'emballa, les idées jaillissaient.

— Imagine... je pourrais aménager une petite chambre au fond du jardin. Tu pourrais y développer tes photos. Et même te lancer à ton compte. Tu m'aiderais pour les commandes et les livraisons, et le reste du temps, tu gèrerais ton affaire. Ça pourrait vraiment marcher. Tu ne crois pas ?

France l'écoutait, presque hypnotisée par le son de sa voix. Elle voulait croire que tout pouvait enfin s'aligner. Mais quelque part, une prudence ancienne lui murmurait d'attendre encore un peu. Elle n'était pas certaine que le moment soit venu.

Adriel, emporté par son élan, attrapa son téléphone.

— Tu sais quoi ? Je vais appeler Tamara tout de suite. Il faut qu'on clarifie les choses.

France se raidit en l'entendant composé le numéro, mais ses mains continuèrent à trier les photos. Les clichés de Pâris furent rangés avec soin dans une boîte spéciale. À l'intérieur, vinrent s'ajouter un bracelet et le carnet chargé de mots écrits pour Pâris.

De l'autre côté de la pièce, Adriel parlait déjà avec Tamara. Sa voix était posée, presque complice. France tendait l'oreille tout en faisant mine de continuer son tri. Tamara paraissait calme, bien loin des tensions des dernières semaines. Les deux conversaient longuement, partageant des anecdotes sur leurs Noëls respectifs.

Adriel finit par lui jeter un coup d'œil en levant le pouce en l'air, comme pour lui signaler que tout se passait bien. France sentit son cœur s'alléger. Lorsqu'il raccrocha enfin, il se tourna vers elle, un sourire chaleureux illuminant son visage.

— Ils viennent pour le Nouvel An. Tout est arrangé.

Un éclat de joie pure traversa France. Elle posa les photos qu'elle tenait et se leva d'un bond pour lui sauter dans les bras.

— Merci, Adriel... Merci.

Il la serra contre lui, ses bras solides enveloppant ses doutes et ses peurs. Elle se sentait légère, presque libérée. L'idée de revoir Pâris dans quelques jours lui donnait l'impression que le monde autour d'elle s'éclairait enfin.

— Tout va bien se passer. Je te l'avais dit, non ? Tamara finira par comprendre. Et Pâris sera ravie de te revoir.

Elle hocha la tête contre son torse, les yeux fermés, savourant l'instant.

***

Trois jours pour tout préparer : les courses, le menu, la préparation du repas et de la décoration. Adriel voulait faire simple, mais elle tenait à inspirer confiance à Tamara. Par conséquent, France acheta le meilleur champagne, consacra des heures à l'élaboration du menu et s'entraîna sans relâche à réaliser son dessert : des macarons.

La dernière fois, sa pâte était trop liquide. Aujourd'hui, trop épaisse. C'était sa dernière tentative. Pas question d'échouer.

Elle s'appliqua avec une concentration absolue, mesurant chaque ingrédient avec soin. Cette fois, la pâte donnait l'impression d'être parfaite. Les coques sortirent du four, lisses et brillantes. Elle recula pour les admirer avec un mélange de soulagement et de fierté.

La fierté illumina brièvement son visage. Un sourire discret s'esquissa alors qu'elle garnissait les macarons de ganache.

Au moment où elle s'apprêtait à ranger la cuisine, un coup sec retentit à la porte. Surprise, France s'essuya les mains et alla ouvrir.

Tamara se tenait là, dans son salon.

Mais ce n'était pas la Tamara qu'elle connaissait. Son corps paraissait étrangement détendu, ses épaules relâchées. Les traits de son visage, habituellement animés par des expressions vives ou tranchantes, s'étaient effacés, figés dans un masque neutre, presque impénétrable.

Étrange. Elles devaient se voir demain, pour le réveillon. Pourtant, la voilà, sur le pas de sa porte.

France, un peu déstabilisée, reprit rapidement ses esprits. Elle choisit de l'accueillir avec sympathie, un sourire sincère aux lèvres.

— Entre, je t'en prie.

Tamara entra, silencieuse. Sa présence, pourtant calme, dégageait une intensité que France n'arrivait pas à déchiffrer. Comme à son habitude, la femme occupait tout l'espace.

— Je vois que tu as fait quelques aménagements.

Sans même lui laisser le temps de reprendre, elle poursuivit son inspection, regardait les modifications comme une erreur de goût.

— Tu comptes vraiment t'installer ici, dit-elle, moqueuse.

Tamara s'attarda sur les macarons :

— Tes macarons ont l'air réussis.

France s'empressa de répondre ; aujourd'hui, c'était elle qui mettrait cette femme chaos.

— Je te propose de les tester avec une tasse de thé ou de café.

— Non merci, je ne suis pas venue pour ça, prononça-t-elle avec dédain.

Tamara déposa son sac et son manteau plié sur le canapé.

— Je vais aller droit au but, commença-t-elle. J'ai réfléchi à tout ça, France. À toi, à Pâris, à ce qui se passe depuis que tu es entrée dans nos vies. Et je dois te poser une question.

France sentit son cœur s'emballer. Tamara ne venait pas pour échanger des politesses. Bien entendu.

— Une question ? dit-elle, essayant de garder un ton calme.

Tamara hocha la tête, puis lâcha, presque comme une accusation.

— Tu es la mère biologique de Pâris, n'est-ce pas ?

Le souffle de France se coupa. Les mots frappèrent comme une claque. Sans lui laisser le moindre répit, Tamara enchaîna, la voix plate, presque mécanique :

— Tu veux savoir comment j'ai deviné ? Bien sûr que tu souhaites le savoir.

France fixait Tamara, le souffle court, pressentant que chaque mot qui allait suivre allait bouleverser son monde.

— Pâris m'a raconté votre escapade dans les moindres détails, le marché et tous ces légumes inconnus.

Tamara marqua une pause.

— Ensuite, elle m'a parlé de l'après-midi chez toi, dans ton petit appartement. Et de cette poupée... ta poupée préférée, celle que tu voulais offrir à l'enfant que tu n'avais pas eu.

France sentit un frisson lui parcourir la nuque.

— Les étoiles brillaient dans ses yeux... Puis, tout à coup, elle m'a demandé quelque chose que je ne pensais pas entendre : Maman, est-ce qu'on peut appeler Mamie ?

Silence.

— Elle a insisté avec des mots d'une maturité déconcertante, C'est important de maintenir les liens, maman. Il faut que tu te réconcilies avec grand-mère. Ma fille était convaincante. J'ai cédé... Je lui ai tendu le téléphone... et j'ai écouté.

Les mots voltigeaient dans l'air.

— Et... tu sais ce qu'elle a dit, dès que ma mère a décroché. Elle a dit : *Mamie, tu sais pas, mon parrain a une amoureuse. Et tu sais, Mamie, c'est vraiment étrange. Elle vient du Bénin, comme toi... Et s'appelle France. Et moi, je m'appelle Pâris. Tu trouves pas ça drôle ? Toi qui dis toujours que les choses n'arrivent jamais par hasard...*

Tamara marqua un silence pour saisir toute la portée de ses paroles sur France.

— À cet instant, j'ai écouté ma fille parler, et quelque chose s'est allumé en moi. Tout s'est imbriqué. C'était comme si je voyais pour la première fois ce que j'aurais dû comprendre bien plus tôt.

France ouvrit la bouche pour répondre, mais aucun son n'en sortit. Tamara continua :

— Au début, j'ai voulu faire des recherches. Je me suis dit que je devais vérifier, être sûre. Mais je n'en ai même pas eu besoin. Je n'avais qu'à regarder ta façon d'être avec elle. La manière dont tu la regardes, dont tu lui parles, dont tu t'inquiètes pour elle. Tout concordait.

Tamara inspira profondément avant de poser la main sur la table.

— Comment j'ai pu ne pas le voir ? Comment j'ai pu ne pas le comprendre plus tôt ?

Tamara fit une pause.

— Et maintenant, je vais te demander de partir, de quitter sa vie, de retourner dans ta petite vie, dans ton petit appartement parisien. Pour Pâris. Pour son équilibre.

Tamara avait prononcé ces mots avec une froideur tranchante, chaque syllabe semblait peser une tonne.

— Alors, je te demande de partir dès ce soir. Demain, c'est le réveillon. Nous sommes censés le passer ensemble, avec Adriel. On le passera quand même, mais sans toi. Fais tes valises, France. Pars. Quitte sa vie. Quitte la vie de ma fille.

Tamara reprit son sac. Elle s'apprêtait à tourner les talons.

Mais France leva les yeux. Cette fois, ses lèvres ne tremblaient pas.

— Non.

Tamara s'arrêta net.

— Pardon ? fit-elle, glaciale.

— Non. Je ne partirai pas.

Tamara la dévisagea, comme si elle découvrait un nouveau visage.

— Tu ne me fais pas peur, Tamara. Tu peux jouer ton rôle, m'expliquer ce que je dois faire, ce qui est bien ou pas pour Pâris.

Mais tu ne me dicteras pas comment vivre. Tu ne m'effaceras pas. Pas cette fois.

Tamara inspira, prête à répondre, mais France la coupa, la voix toujours calme, presque douce :

— Tu m'as sous-estimée. Et je t'ai laissée faire. Pendant des semaines. Je t'ai laissée prendre toute la place, laisser ton mépris s'installer. Je pensais que c'était plus simple. Moins dangereux.

Elle marqua une pause. Puis ajouta, les yeux ancrés dans les siens.

— Mais ce que tu ne vois pas, c'est que je suis là. Et je ne suis plus celle qui se tait.

Tamara resta figée. Le sac à la main, le souffle court.

— Je ne t'empêcherai pas d'aimer ta fille. Ni d'aimer Adriel. Je ne suis pas venue pour prendre. Je suis venue pour réparer. Pour comprendre. Pour me tenir debout.

Et c'est ce que je vais faire.

Un silence épais s'installa. Tamara cligna des yeux, incertaine. France resta immobile.

Puis Tamara se mit à habiter pleinement l'espace, elle avançait lentement, caressait les différents objets en bois dans la pièce comme si elle lui appartenait. Puis, elle leva les yeux vers France.

— Je suis sérieuse. Tu ne sais pas de quoi je suis capable. Je commencerai tout simplement par demander une injonction pour t'interdire de t'approcher de Pâris.

Tamara se positionna si près, qu'elle pouvait lire la froideur dans ses pupilles. Puis prononça avec dureté :

— Je pourrai aller même plus loin qu'une injonction.

France tressaillit. L'instant d'après, Tamara s'installa sur le canapé, croisa ses jambes, tout en regardant ses ongles manucurés.

— Je sais qu'Adriel t'aime, mais si tu crois que tu peux rester malgré tout, que, même avec cette injonction, tu pourrais vivre ici, sans t'approcher de Pâris... Pense à Adriel. Parce que, lui aussi, tu le punirais. S'il doit choisir entre toi et sa famille, tu sais ce que ça signifie ? Il n'aura plus de contact avec nous. Plus de contact avec Pâris. Parce que nous faisons partie de sa vie, de sa famille. Et toi, tu ne peux pas arriver comme ça et tout détruire. Alors, je te demande de partir dès ce soir. Demain, c'est le réveillon. Nous sommes censés le passer ensemble, avec Adriel. On le passera quand même, mais sans toi. Fais tes valises, France. Pars. Quitte sa vie. Quitte la vie de ma fille.

Tamara se leva lentement du canapé, ses gestes étaient mesurés. Elle prit un temps infini pour enfiler son manteau, ajuster ses gants, avec une lenteur qui tenait plus du défi que de l'indifférence. Puis elle se planta devant France, les yeux ancrés dans les siens.

— Tu pars dès ce soir. Tu fais tes valises. Et je te conseille de le faire tout de suite, France, parce que tu ne sais pas de quoi je suis capable.

Elle attrapa son sac, s'apprêta à quitter la pièce.

— Je partirai seulement si je l'ai décidé.

France n'avait pas haussé la voix, mais quelque chose dans son corps s'était redressé. Elle ajusta ses locs, releva le menton. Ce n'était ni un défi, ni une supplique. C'était une limite. Elle savait ce qu'elle risquait. Elle savait qu'elle ne serait peut-être pas celle qu'on choisit. Mais elle ne fuirait pas. Pas cette fois. Non, elle n'abandonnerait pas si facilement.

France resta immobile. Les mots de Tamara voltigeaient au-dessus de sa tête. Mais, cette fois-ci, elle les confia à Ona. Elle ne s'effondrerait pas. Elle se battrait, à sa manière, sans bruit, mais avec cette détermination lente et profonde qui ne la quitterait plus. Peut-être qu'elle ne gagnerait pas aujourd'hui, ni même demain, mais elle savait qu'elle était sur le bon chemin. Venir ici avait été la seule décision possible, celle qui comptait. Elle était là, à sa place. Elle avait vu Pâris, et Pâris l'avait vue. C'était déjà immense. Un miracle discret, fragile, mais réel. Qu'importe ce qu'on tenterait de lui reprendre, cette part-là resterait à elle. Elle avait retrouvé sa fille. Et rien ni personne ne pourrait l'effacer.

***

Quelques instants plus tard, elle entendit les pas d'Adriel. Pendant un moment, elle se sentit soulagée. Elle aurait voulu, comme souvent, se blottir contre lui, retrouver cette chaleur familière, rester là sans bouger, des heures durant.

Il savait la soulager, il savait l'apaiser, et il trouvait toujours les mots. Il se battrait pour elle. Il l'avait déjà prouvé. Adriel l'homme de sa vie. Mais elle, en était-elle vraiment capable ? Était-elle prête à se battre à son tour ?

Sa voix lui parvint, lointaine, comme assourdie par tout ce qui bouillonnait en elle. Il fallut quelques secondes pour qu'elle comprenne ses mots.

— France, félicitations pour tes macarons. C'est tellement mérité.

Il souriait. Il vibrait de bonheur. Il ne vit pas ce qui se jouait dans son silence, ni la pâleur de son regard, ni la tension qui nouait ses épaules. Elle n'était plus totalement là. Déjà, elle avait glissé dans un ailleurs que lui ne pouvait pas deviner. Leurs deux mondes, côte à côte, entraient en collision. L'un, lumineux. L'autre, incertain.

Elle força un sourire. Il fallait donner le change, tout dissimuler pour l'instant. Elle avait des choix à faire, et ce choix-là n'attendrait pas. Elle ne savait pas comment on décidait vraiment. On l'avait toujours décrite comme indécise, incapable de trancher. Et là, soudain, elle devait choisir. Se défiler, encore une fois. Ou rester. Rester auprès de l'homme qu'elle aimait, auprès de cette enfant qui, sans le savoir, tenait son cœur entier entre ses mains. Son étoile. Celle qui brillait, même au milieu du chaos.

La décision lui paraissait aussi vertigineuse que celle qu'elle avait prise autrefois. Ce jour-là, elle avait abandonné.

Aujourd'hui, elle ferait un choix. Un vrai. Un choix qu'elle assumerait, la tête haute.

Elle entendit à peine le mot qui s'échappa de sa bouche.

— Merci.

Adriel, face à elle, s'animait avec enthousiasme. Il parlait, bougeait, riait presque. Toute son énergie emplissait la pièce. Elle, elle voulait juste s'effacer en lui, le retrouver, redevenir légère. Mais elle sentit le décalage. Quelque chose s'était brisé. Il avançait à toute allure. Elle, elle ralentissait. Il ressemblait à une source d'électricité. Elle, à une batterie à bout de souffle. Il rayonnait. Elle luttait pour préserver une flamme vacillante. Et, déjà, elle sentait que leur monde à deux commençait à se dissoudre.

***

Installée à la table du salon, un stylo en main, elle respira profondément. Elle mit un instant à se concentrer. Son regard resta fixé dans le vide. Ne sachant par où commencer, elle se demanda si elle devait écrire ou non.
Mais elle prit la décision de le faire. Une dernière lettre.

L'air avait quelque chose d'étrange. Elle n'avait jamais assisté à un enterrement, mais c'était exactement cela. Un silence épais, dense, comme l'herbe humide que l'on foule lorsqu'on accompagne un cercueil. Elle en avait croisé, parfois, des cortèges. Mais là, tout était différent. Plus lourd. Plus profond. Ce silence-là la vidait. Il effaçait son corps, son souffle. Elle se tenait ailleurs, suspendue entre deux mondes. Elle n'avait plus peur. Pourtant, elle sentait cette chaleur dans sa gorge. Ce nœud. Ce poids. Les mots, même avant d'être écrits, pesaient déjà.

Pâris,

Je ne sais pas quand tu liras cette lettre.
Mais sache que chaque instant passé près de toi
a été le plus beau de ma vie.

Même les moments brefs,
même ceux dont tu ne garderas aucun souvenir.

Je t'ai abandonnée une fois.
Par peur. Par inexpérience.
Et cette horreur, je la porte chaque jour.

Ce poids m'empêche parfois de respirer.
Mais je t'ai aimée, Pâris,
d'un amour que je n'ai jamais su dire autrement qu'en silence.

Je t'aime toujours.
Et je t'aimerai toute ma vie.

LE FEU SOUS MA PEAU

Je t'abandonne une seconde fois.
Mais cette fois, c'est par amour.
Pour ton équilibre.
Pour t'épargner mes doutes, mon chaos.

Je suis certaine d'une chose :
Ona t'a mise sur le bon chemin.
Et cette certitude, elle me tient debout.

On se reverra.

Dans cette boîte, tu trouveras tout ce que je t'ai laissé.
Des fragments de moi.
Un avenir qu'on n'a pas eu le temps de bâtir ensemble.

Je t'attendrai dans ce petit appartement
que tu as visité un soir de décembre 95.

Je t'y attendrai jusqu'à tes vingt ans.
Que dire... toute la vie même, et au-delà.

France

Elle leva la tête et inspira plusieurs fois. L'encre avait coulé sur ses doigts. Elle voulut relire, mais n'en eut pas la force.

Les mots, même silencieux, lui semblaient déjà trop lourds. Tout ce qu'elle désirait, à cet instant, c'était déchirer la lettre et rester. Peu importe les conséquences. Rester, parce qu'elle sentait que sa place était ici. Mais au lieu de ça, elle balaya la pièce du regard. Les aménagements, les objets choisis avec soin. Elle pensa au bébé qu'Adriel voulait tant. Et là, elle comprit. Il n'y aurait pas qu'elle qui souffrirait. Adriel aussi. Pâris, peut-être. Probablement. Même si ce n'était pas aujourd'hui, ce serait demain. Un jour. Elle, elle savait faire avec la douleur. Elle la connaissait par cœur, savait l'endurer, l'apprivoiser, presque la transformer. Mais les autres… Comment ne pas les abîmer, eux aussi ? Comment contenter tout le monde ? Peut-être que la vie, c'était ça. Apprendre à se redresser malgré les épreuves. À faire des choix sans espoir d'en sortir indemne. Et tenir debout, même au bord du vide.

***

La nuit était silencieuse, seulement ponctuée par le souffle régulier d'Adriel, endormi. France rangeait méthodiquement ses vêtements dans une valise. Chaque pièce était pliée avec soin, comme si cet ordre parfait pouvait apaiser le chaos qui régnait dans son esprit. Inutile pourtant, cet excès de précision. Rien de tout cela n'avait d'importance. Le départ était inévitable.

Quand partir ? Maintenant, discrètement, pendant qu'Adriel dormait, paraissait la solution la plus simple. Rapide. Pas de confrontation, pas de regards à affronter, pas d'explications à formuler. La culpabilité serait là, sans aucun doute. Mais après tout, une petite fille avait déjà été laissée derrière. Comparé à cela, s'envoler sans un mot paraissait presque... facile.

Mais elle se souvenait qu'elle l'aimait. Adriel, qui avait toujours été là pour la choyer, qui l'avait honorée, respectée. Rien que pour cela, partir sans lui donner une explication aurait été une trahison. Il méritait même un mot. Un simple mot. Même s'il chercherait à la retenir, lui offrir des solutions impossibles à accepter.

***

France s'assit dans la pénombre, contempla Adriel endormi, le visage à peine éclairé par la lumière. Une certaine sérénité émanait de lui, un apaisement fragile que France ne souhaitait pas troubler. L'idée de s'allonger à ses côtés, de le toucher... Non. Le besoin de créer une distance s'imposait, comme une préparation à l'absence qui viendrait avec le matin. Mais, malgré sa résolution, le sommeil ne venait pas. Chaque fois que ses paupières se fermaient, des cauchemars surgissaient. Les paroles de Tamara résonnaient, sans relâche, dans son esprit fatigué. Le visage de Pâris apparaissait, son sourire, son innocence… et ces mots lancinants : *j'ai le droit de rester, de m'accrocher. J'ai ma place auprès de ma fille. Je veux rester, c'est une question de survie… de vie. Le silence lui criait de rester.* Mais, si Tamara avait raison. Si sa présence faisait plus de mal que de bien. Tamara irait jusqu'au bout et mettrait sa menace à l'exécution pour l'empêcher de voir Pâris. En restant, elle risquait de détruire la vie d'Adriel ou de briser les liens précieux qu'il entretenait Pâris. C'était impensable.

Aux premières lueurs de l'aube, l'épuisement l'emporta enfin. Mais ce fut la voix d'Adriel qui rompit ce bref répit.

Il se tenait debout, juste en face, silencieux, l'air de chercher des mots qu'il n'arrivait pas à prononcer. Ce fut finalement lui qui brisa le silence, d'une voix rauque.

— France… Tu vas partir ?

Le regard de France remonta vers lui, chargé d'émotions retenues. Dans ses yeux, l'évidence brillait déjà. Aucun mensonge possible. Un léger hochement de tête suffit pour confirmer la vérité.

— Oui.

Ce mot s'échappa, brisé, tandis qu'un feu sourd consumait le cœur de France, dissimulé sous un calme apparent.

Un silence pesant s'installa, rythmé seulement par des respirations irrégulières. Les yeux fixés sur Adriel, France tentait de graver chaque détail : les cheveux en bataille, les épaules affaissées, les poings serrés avec une tension douloureuse.

— Alors, demande-moi de partir avec toi, souffla-t-il, la voix à peine audible.

Un pincement serra la poitrine de France. Les doigts tremblants, son regard se détourna, incapable d'affronter l'intensité de ce qu'elle lisait dans ses yeux.

— Je ne peux pas, Adriel.

Les mots s'évanouirent dans un souffle, et laissèrent place à un silence lourd de douleur partagée. Adriel fit un pas, l'espoir brillant dans son regard, un espoir fragile, semblable à une fleur d'hibiscus éclose dans une savane desséchée.

— Pourquoi pas ? Dis-moi pourquoi. Je peux tout laisser, France. Ma vie ici n'a aucun sens sans toi. Si tu pars, emmène-moi avec toi.

Les mouvements de France furent lents. D'abord les pieds ancrés dans le sol, puis la tête relevée, le regard plongeant dans celui d'Adriel.

— Parce que tu ne peux pas. Tu ne dois pas, Adriel.

Il la fixa, les sourcils froncés, cherchant à comprendre.

— Pourquoi ? Elle inspira profondément, chercha à retenir les larmes qui menaçaient de la submerger.

— Parce que si tu pars avec moi, tu abandonneras tout ce que tu as construit ici. Peut-être qu'au début, tu penseras que ça ira, mais avec le temps, tu regretteras. Ta vie est ici. Tes liens, tes souvenirs, ta famille... Et surtout, Pâris.

Il ouvrit la bouche pour protester, mais elle leva une main pour l'interrompre.

— Non, écoute-moi. Tu dois rester pour elle. Parce que tu es le témoin vivant de mon amour pour elle. Même si je pars, tu seras là pour veiller sur elle, pour prendre soin d'elle, pour lui rappeler que je l'aime.

Adriel secoua la tête, les larmes lui montaient aux yeux.

— France... Elle a besoin de toi, pas de moi.

Elle se détourna, attrapa un paquet soigneusement emballé sur la table, puis le tendit à Adriel.

— C'est pour Tamara ou Paul. Je veux qu'ils remettent ce paquet à Pâris le jour de ses 18 ans. À ce moment-là, elle sera en âge de comprendre.

Il prit le paquet sans rien dire. Elle continua, les mains tremblantes :

— J'y ai mis des souvenirs, des explications. J'ai raconté tout ce que je pouvais lui léguer à travers des mots : mon enfance, mes rêves, mes regrets... Tout ce que je n'ai pas pu lui dire en face.

Elle posa une main sur son visage, caressa doucement sa joue une dernière fois, puis se détourna avant qu'il ne puisse la retenir.

Adriel la regarda franchir la porte, le cœur brisé. Elle lui avait tout laissé : ses larmes, ses mots, et cette mission qu'il n'avait pas choisie, mais qu'il devait accepter.

***

En ce 31 décembre, alors que son train ralentissait à l'approche de la Gare Montparnarnasse, elle ressentit un mélange d'injustice et de tristesse qui lui noua la gorge. Les lumières de la ville défilaient derrière les vitres, floues, presque irréelles, comme si Adriel et Pâris n'étaient plus qu'un rêve. Un rêve dont son esprit n'avait pas osé dessiner et affiner les contours, ni suffisamment travaillé les ombres et les lumières pour lui donner de la profondeur. Un rêve qui, finalement, n'avait jamais pris corps dans sa réalité.

Lorsque le train s'immobilisa et que les annonces résonnèrent dans la gare, France comprit que cet avenir auquel elle avait brièvement cru s'effaçait à chaque pas vers la sortie. Ne restaient plus que les fragments d'éclats de rire de Pâris, suspendus dans sa mémoire. Un peu plus loin, les gestes tendres d'Adriel dessinaient une esquisse incomplète.

Sur le quai du métro, les contours du visage de Pâris devenaient flous, la maison d'Adriel se dissipait dans un brouillard lointain. Assise dans le wagon qui la ramenait chez elle, la voix de Pâris n'était plus qu'un écho, et les « Je t'aime » d'Adriel s'effaçaient comme une image oubliée.

Lorsqu'elle franchit la porte de son appartement, il ne lui restait plus que le vide.

5

Épilogue

La lumière du mois d'avril à Paris possédait une douceur particulière, presque veloutée. Des reflets argentés dansaient sur ses meubles en bois brut. Son adresse était restée la même. L'idée de repartir au Bénin l'avait traversée plus d'une fois, de tourner la page. Mais impossible de s'y résoudre. Ce lieu était devenu un ancrage, l'espoir qu'un jour, Pâris viendrait frapper à cette porte.

Le dos appuyé contre la chaise, le regard perdu dans des souvenirs tenaces, France revoyait des images d'un autre temps, dans ce petit village de Normandie. Un refuge avait été trouvé, un bonheur fragile vite évanoui, ne laissant derrière lui que des regrets profonds et lancinants.

Un carnet était posé sur la table. France feuilleta les pages remplies pour Pâris, année après année. Écrire lui donnait l'illusion de maintenir un pont éphémère entre leurs deux âmes. Les paupières closes, France accueillit la solitude sans amertume. Aucun regret quant à sa décision : laisser Pâris vivre sa vie. La promesse avait été tenue : ne pas troubler son équilibre. Elle s'était construite une vie simple, loin du tumulte. Son quotidien se partageait entre un petit atelier de photographie et des souvenirs à développer, ceux des autres.

Le soleil déclinait, la pièce se teintait de nuances douces avant de céder la place au crépuscule. France se leva pour allumer une lampe. Son regard s'attarda sur la porte, un réflexe de chaque fin de journée. Pas de visite aujourd'hui encore. Avec un soupir, elle éteignit la lumière. Pâris n'était pas venu. Cette année non plus.

Pourtant, partir n'était pas envisageable. Pas tout de suite. L'attente était incrustée dans sa chair, comme ce feu sous sa peau. Car quelque part, au creux du cœur, une petite voix chuchotait que Pâris viendrait. Peut-être pas aujourd'hui, ni demain. Mais un jour.

Bonus — Fragments d'un Recueil Le feu sous ma peau
(extraits d'un recueil en devenir)

Parfois, les mots débordent du roman.
Ils trouvent une autre forme, plus brève, plus nue.
Ces deux poèmes sont nés en parallèle de cette histoire.
Je ne sais pas encore s'ils feront partie d'un recueil,
mais ce soir, j'avais envie de les laisser ici.

***

Mon étoile

Éternité en pause
Sous un ciel bleu.

Une étoile éclot
Lumière fragile,
Poussière de vie
Apportant promesse et amour.

Une ombre vacille
Blessée par l'éclat
D'un regard retrouvé.

LE FEU SOUS MA PEAU

***

Adriel

Il ne sait pas que je l'épie, à la lueur dorée,
Je me perds dans les mouvements de ses mains,
Qui créent, façonnent, transforment le bois.

Je le regarde comme on plonge son regard
Dans l'immensité de l'océan,
Quand les vagues s'élèvent, pleines de force,
Quand les teintes se mêlent, vibrantes et insondables.
Il est l'océan. Il est la tempête et l'accalmie.

Et moi, sur le rivage,
Je me tiens là, fascinée.

Remerciements

À ceux qui m'ont tendu la main, même dans l'ombre. À ceux qui ont été là, tout simplement. Un petit cœur pour Manu, pour sa lumière discrète mais décisive.

Et si vous souhaitez poursuivre le voyage, je vous retrouve sur Instagram :
@plume_etpensees

À mes personnages,

France, j'ai marché longtemps dans tes pas, et j'ai entendu ta souffrance, tes silences, tes hésitations. J'espère que tu trouveras un chemin vers la paix.

Pâris, je t'ai vu, et je sais que tu as une force en toi qui te permettra de vaincre ce qui devait l'être.

Adriel, tu as sculpté plus que le bois, et je suis certaine que France sera toujours là pour toi.

Tamara, tu n'étais pas censée rester... et tu es devenue nécessaire.

Je vous ai portés, mais vous m'avez tenue debout aussi.

Merci.